GOBOOKS
& SITAK
GROUP©

GOBOOKS
& SITAK
GROUP©

三日月書版

三日月書版

三日月書版
BL004
指尖的詠嘆調
illust. 六百一
vol.04

CONTENTS

SOUL INVASION

黎楚
亞裔，身高179cm，身材偏瘦。深黑短髮，棕色眼睛。
笑容玩世不恭，帶一點邪氣和傲慢。經常做駭客工作，有黑眼圈。打扮年輕時髦，身上有不少戒指項鍊之類的飾品。
能力:資料操縱
能夠自由編寫人體代碼以控制身體（肌肉、激素、體液、內臟、骨骼等），或控制電子產品中微小電流與訊號（入侵網路、加密與破譯、修改資料），並藉以進行電子藝術的創作，後期成長後產生了新的特性。

沈修
亞裔和日爾曼混血，身高186cm，比黎楚健壯一點。
外表英俊。患白化症，皮膚異常白皙，銀灰色短髮，淺藍色眼睛。氣場端莊、冷峻、穩重而有威嚴。身穿黑色長款立領風衣，雙手也常戴白手套。
能力:引力
宇宙四大基本力之一，附帶長壽的特性。能夠控制萬有引力，例如改變一定範圍內的重力方向以達到念動力的效果；扭曲空間以扭曲光線，達到隱形；控制核融合、分裂（每秒兩百萬次）釋放能量，製造高維空間以囚禁或放逐物體；使用重力將物體達到近光速運動；通過近光速運動使時間發生扭曲，製造小型黑洞。極限能力是開啟時空蟲洞。

Episode 7
恃愛遠行

SOUL INVASION

靈魂侵襲

1

黎楚足足躺了五天，終於控制住自己的能力。

米蘭達處心積慮想得到他的能力，卻萬萬沒有料到，最後居然是黎楚親手殺了她，然後融合了她的能力。

米蘭達的能力包括精神連結、催眠種子，以及如回溯記憶和探查淺層思想等衍生能力。從某種層面上來說，她的能力和黎楚近似，都能最大程度地開發自己的記憶力和聯想力。

吸收米蘭達的精神內核後，黎楚的能力經歷了一天半的暴走期，終於穩定下來。他獲得了新的特性，但還沒有足夠的時間研究清楚，從這幾天的表現來看，大約就是能閱讀博伊德光中的資料。

黎楚休息幾天後，就開始解析博伊德光和精神內核中的訊息。尤其是他和沈修之間那條紐帶，黎楚確信這是契約者和共生者之間的特殊聯繫，他稱之為「伴生通道」。

與此同時，GIGANTIC的突發情況也引起了軒然大波。

好在有凱林的影片作為GIGANTIC內訌的證據，又有米蘭達確實殺死了投誠者亞當·朗曼的事實在先，外界對SgrA和GIGANTIC的這次交鋒，基本上有所定論。

更何況白王沈修始終在控制局面，另一方的赤王文森特卻不見蹤影，很多人隱約猜到了事情內幕，都明智地默不作聲。

的確有人希望兩位王之間出現戰火，但顯然更多人完全不希望四王捲入爭鬥——這感覺就像各國之間約定了不率先使用核武一般。

沈修忙碌了幾天，但仍然每天守著黎楚，查看他的情況。

黎楚躺了幾天，實在閒不住，加上能力暴走，整個人煩躁得不行，光CG插畫就畫了十七張。

「大河二何」沉寂了數天後爆發出這麼多插畫，底下一片驚呼，每條微博下面被頂的最高的幾乎都是：

「高產似母豬！」

「天惹奴看我刷出了什麼！」

「大神你擼速炸了！」

微博熱門一連數天都被他屠版，有人不爽地來黑二何了。

某個著名的噴子連夜發了長微博，控訴「大河二何」根本不是神級畫師，而是拍照片隨便修改了一下而已。

接著「河粉」們沸騰地開戰，網路上一片腥風血雨。

黎楚就愁沒有事打發時間，躲在螢幕後壞笑，瞬間精分成數十個不同陣營角色，覺得河粉占據上風就自己羅列證據說是ＰＳ的，覺得黑黑們要占據上風就趕緊羅列證據說證據是偽造的，周而復始不亦樂乎……

只可憐了某些路人，一會兒憤怒地轉黑，一會兒又慚愧地轉粉，沒一會兒又暈頭轉向，恨不得自插雙目當作從來沒進來看過。

一路戰了好幾天，黎楚終於從床上下來了，於是「高產似母豬」的大河二何，瞬間又變回了矜持冷淡「有生之年系列」的大神。

沈修全程圍觀了這場戰役，用自己名字是亂碼的帳號氣勢十足地發了一句：「以二何的能力，根本不需要偽造。」

然後……沉了。

沒轉發沒評論沒讚，可憐巴巴地沉了，成為該無名帳號唯一一條微博。

黎楚笑得肚子疼，晚上多吃了三包番茄醬。

幾天後網路上的腥風血雨暫時停歇了。

黎楚在洗頻的評論當中緩過氣來，看見一個名叫「明日未央」的ＩＤ賣萌地上竄下跳。

他每天都會道一聲「晚安」，偶爾微博裡會標註大河二何，說一些無關緊要的小事。

黎楚並未太過關注，甚至不曾回應，「明日未央」的這個習慣卻一直堅持了下來。

這天黎楚又被標註了，他隨手一點，看見「明日未央」在微博上發了一張照片。

「謝謝大家的支持！我的畫展經過幾週的籌辦，終於要面世了！明天上午八點開展，感謝大哥借給我個人博物館的場地，感謝家人給我的勇氣……希望可以帶給大家美好的體驗。」

黎楚點開下面的自拍，驚呆了。

照片裡，晏明央傻乎乎對著鏡頭笑。

那天晚上，黎楚又帶了點心給沈修——出自 SgrA 大廚之手——溫柔體貼地問：「你明天忙不忙？」

沈修默默吃了一塊，開門見山道：「有什麼事，說吧。」

「我想去參加一場私人畫展。」黎楚見沈修吃了點心，頓時覺得他會吃人手短，「明天上午八點開始，我就去看一個上午，下午回來。」

沈修想了想道：「我會讓塔利昂跟著你。」

以前都是馬可監視著就完事了，不過自從見識到黎楚的破壞能力以後，他的待遇規格明顯提升，需要塔利昂親自出動，沈修才能稍微安心。

黎楚黑著臉道：「換一個，不要塔利昂。」

沈修默默看著黎楚，眼裡寫著：不要任性，我不放心。

黎楚道：「真讓塔利昂跟著我？明天我還一個骨架回來給你信不信？」

沈修嘴角一抽，回想到凱林的死狀，終於說：「好吧，明天我陪著你。」

黎楚嫌棄道：「你目標這麼明顯。萬一被發現身分，人家的畫展還要不要開了？」

被嫌棄的白王陛下：「……」

隔天早上，沈修還是默默出現了，長寬黑風衣，圍巾帽子戴口罩。

黎楚一臉「懶得嫌棄你」的表情，隨手將陽傘拿在手上，回頭道：「走唄，我開車。」

他撐開傘，籠罩著兩人。

他們並肩穿過中庭的花花草草，坐到車上。

沈修遲疑了一下，坐進副駕駛座。

黎楚一臉輕鬆地坐在駕駛座上，左看右看了一會兒，隨便一腳踩在離合器上，不動，馬上換隻腳，踩到了油門。

車轟地一下開出去了。

沈修：「……」

三十分鐘後，一輛車平穩地駛過私人畫展大門。

泊車小弟輕快地跑了過來，繼而滿臉茫然，看著駕駛座上的黎楚黑著臉，雙手抱胸，兩腳高高地蹺在方向盤上，左晃右晃。

——媽呀這車是怎麼在開的！

車停了，穩穩當當地開進了泊車位裡。

副駕駛座上，沈修長吁了一口氣，收回了能力。

黎楚鬱悶地放下腳，哼道：「難得有這麼一次機會……」
沈修正想教育他，黎楚續道：「是只有我們坐在車上。」
沈修不爭氣地心軟了，嘆了口氣。
他們走進去，在招待處登記了姓名——偽造的。
私人畫展是在一座頗為氣派的私人博物館內舉辦，大門敞開，歡迎任何人入內觀看。
現在看過去，賓客雖然不多，但衣著精緻，不少社會名流。
他們簇擁著畫展的舉辦人，往來交錯，言笑晏晏，幾乎像是在參加舞會。顯然他們是衝著主人家的身分而來，不是來看畫的。
唯有黎楚興致勃勃，拉著沈修看過一幅又一幅油畫。
畫作不多，而且看得出筆法頗為稚嫩，基本是寫實主義的畫法，但是極為用心，主要都是描繪景物，偶爾有一些人物。
黎楚走馬觀花，不一會兒就失去了興致。
沈修卻停在一幅畫作前不動了。
「這個好看？」黎楚好奇道，湊過去仰頭跟著看了一會兒。
畫上是一幅雨景巷陌，小巷的盡頭有一道朦朦朧朧的人影，看不真切。總體上也彷彿籠罩著一團霧氣，似真似假，帶著冷色調的憂鬱感。
黎楚看不出這幅畫有什麼特別，倒是沈修駐足看了好一會兒，忽然說道：「這個人像你。」

黎楚挑眉道：「這麼小的人影，哪裡看得出像我？」

沈修不說話，又看了片刻。

好在黎楚知道他的脾氣，果然片刻後，沈修慢慢說道：「很遠，很冷，很朦朧。需要走很漫長的時間，才能靠近。」

黎楚懶洋洋道：「念詩啊？我知道你喜歡老子。」

沈修咳了一聲，掩飾自己異樣的表情。

黎楚可能自己沒有意識到，他在這種句子裡總是下意識用「老子」這種豪爽的自稱，好像這麼說的話，就能體現出自己的遊刃有餘。

不過他從不在其他地方用這種詞彙，所以幾次過後，沈修隱隱然發現了這個規律。

沈修想：他……害羞了。

他們對視片刻，黎楚心生警覺，往後縮了一下。

沈修卻熟練地把他按到牆上，帶著笑意地吻了一會兒。

黎楚眼睛左看右看，生怕被人發現他們躲在畫展角落，難得地雙耳通紅，卻沒有認真推開沈修。

沈修適可而止，將人放開。

兩人都沒有發現，黎楚不小心靠到了牆上油畫底端的畫框。

在一番動作以後，油畫左右搖晃，匡噹一聲落地。

黎楚嚇了一跳，連忙把畫扶起來，隨便拍了拍灰，抬頭望去。

油畫原本掛得很高，黎楚掛不回去，便示意沈修幫忙。

兩人研究了一會兒，沈修乾脆使用能力，將那畫搖搖晃晃，凌空飄浮著掛了上去。

黎楚拍了拍手，回頭一看。

晏明央站在走廊轉角，瞠目結舌地看著他們兩人。

2

晏明央揉眼睛，又揉了揉，半晌後從口袋裡拿出一副眼鏡，仔細地觀察牆上那幅油畫。

轉角處又走出一名漂亮的姑娘，親切地挽著晏明央的手，問道：「怎麼啦，小央？」

「呃，婷姐……」晏明央尷尬地說，「我可能看錯了。」

他們走到沈修和黎楚的面前，晏明央伸出手道：「你們好，感謝你們參加我的畫展。我是晏明央，這位是我的未婚妻王雨婷小姐。」

黎楚伸出手，表情微妙地和晏明央握了握手，說道：「你好，我叫晏……黎楚。這位是我的未婚……不，沈修。」

四人詭異地沉默了一瞬。

晏明央尷尬地說道：「那個，謝謝你們來參加我的畫展。」

兩秒後，王雨婷噗哧笑道：「好了，要不要過去坐坐？」

幾分鐘後，四人在小型酒吧落座。

黎楚和晏明央聊了片刻，心裡感覺很奇異。

如果他在幾個月前沒有死在伊卡洛斯基地，那麼晏明央此刻應該還是自己的共生者；而自己也不會遇到沈修，不會發生這麼多事。

相比黎楚的境遇，晏明央發生的事情也萬分離奇，幾乎堪比電視劇裡的狗血橋段。他失去記憶，逃出伊卡洛斯基地沒幾天，還一片茫然地待在收留所裡，居然被晏氏集團找到，說是遭人拐賣了多年的么子。晏明央迷茫地被晏氏的總裁帶去做親子鑒定……結果還真是父子關係。

可能世事真是這麼撲朔迷離，晏明央的父親人到老年忽然找回了么子，對他百般疼愛，恨不得摘星星摘月亮。晏明央的大哥繼承晏氏集團多年，地位穩固，亦對這小了自己十多歲的弟弟十分寬容。

晏明央在家中度過了一段時間後，表現出了對油畫的興趣，他大哥當即找了專業的老師為他單獨教學，後來更是送了多個畫廊和私人博物館給他，以作開辦畫展的用途。

黎楚剛聽完這個故事，說不出地心情複雜。

晏明央早年根本不是被拐走，而是黎楚找到自己的共生者後，伊卡洛斯基地與晏氏集團私下交易而來。

想來晏明央的父親早年為了利益而送出親子，如今滿懷愧疚，因此找回晏明央後才會如此疼愛。

晏明央與黎楚對坐，不知不覺地吐露出很多話，尷尬地說道：「對不起，我話太多了。不知怎麼，感覺你很……親切。」

了。

黎楚不知該怎麼回答。

從某種程度上來說，他們曾經是世上最密切的關係之一，當然現在……早已不是了。

沈修調查過黎楚的過去，知道晏明央曾是他的共生者，略一沉吟，說道：「所謂『白髮如新，傾蓋如故』。」

王雨婷笑道：「說得太對啦！就是緣分嘛！來小央，快敬一杯……喂你杯子裡怎麼是水啊？」

晏明央靦腆地說：「婷姐，大哥讓我少喝酒……」

王雨婷狠狠拍了晏明央的背，說道：「這種時候不喝酒怎麼能體現出『緣分』啊！」

晏明央抖了一下，只得起身往吧檯走去。

王雨婷看著晏明央走遠，從裙子底下摸出一支香菸，慵懶地點上，說道：「兩位都是契約者吧？」

沈修淡淡道：「不錯。」

黎楚、沈修坐在一起，與王雨婷對視，三人眼中同時閃現出一抹博伊德光，轉瞬即逝，彰顯了彼此的契約者身分。

王雨婷這才說道：「那麼兩位應該知道，小央原本是一名共生者，失去記憶的原因，是他對應的契約者死亡了。」

從別人嘴裡聽到自己的死訊，黎楚總感覺很複雜，緩緩點了點頭。

王雨婷吸了一口菸，說道：「我希望你們忘記小央，忘記今天發生的事，就當作我欠你們一個人情。我算是小央半個姐姐——哈，當然現在是什麼狗屁未婚妻——我不希望任何關於契約者的事情再纏上小央，懂嗎？他好不容易變回普通人，還是個健康快活的普通人，不該再碰到那種噁心事。」

「我們並不打算……打擾他的生活。」黎楚淡淡道，「這次只是適逢其會，偶然想來看畫展。」

「那就好。」王雨婷回頭看了一眼，見晏明央拿了酒水準備走回來，連忙把菸放在椅子底下摁熄了，又遞出一張名片，「收下吧，有什麼事都可以找我。」

黎楚覺得往後不太會與她有什麼交集，出於禮貌還是接下了。

王雨婷笑了笑，在名片上輕輕吻了一下，留下一個極淡的唇印，遞到黎楚手裡。

黎楚挑起眉，壞笑了一下，將名片收進口袋。

沈修快如閃電地在桌下探出手，一把將黎楚手中的名片收走，若無其事地揉啊揉，丟了。

黎楚：「……」

晏明央夾著四個高腳杯走了回來，裡面清一色是葡萄酒。

王雨婷怒道：「為什麼都是娘兒們喝的？小央！」

晏明央小聲道：「婷姐妳就是娘兒們……不妳就是女孩子啊。」

王雨婷被「女孩子」這個稱呼雷得不行，兩人就著這個問題激烈地辯論了兩輪。

桌邊，黎楚趁著他們分神，惡狠狠地瞪了沈修一眼。

沈修無辜地看了黎楚一眼，忽然捏著他的下巴，慢悠悠吻了一下。

——晏明央他們還在旁邊！一回頭就看見了！

黎楚嚇得毛都快炸了，卻不敢鬧出太大動靜，被沈修逮住慢條斯理地淺淺吻了一會兒。

片刻後晏明央連番告饒，王雨婷終於勉強同意。

晏明央回頭一看，沈修正襟危坐，黎楚面頰泛紅，神遊天外。

王雨婷疑惑地看了看黎楚，舉起酒杯道：「謝謝你們參加我小弟的畫展！來乾杯，為了緣分！」

那天畫展歸來後，沈修立刻又埋進工作裡。

黎楚自己跟自己玩，玩得無聊了，刷微博，看見那個叫「明日未央」的帳號又直播了兩條關於畫展的進行情況。

過了一會兒，「明日未央」發了私信說：黎楚？

大河二何：是我。

明日未央：我是王雨婷啦。

黎楚頗為意外，不過想想晏明央和王雨婷的相處模式，王雨婷會拿他的微博甚至手機來玩，似乎也挺正常。

王雨婷：哈哈哈小楚，白天你旁邊那個酷哥真是冷淡，都不說話。

黎楚：他不是酷哥，就是個悶騷。

王雨婷：這麼說真的好嗎？他氣場挺強大的，我其實有點想知道他長什麼樣子，不過不敢開口讓他拿掉口罩。

隔了好一會兒。

黎楚：他就眼睛好看。其實暴牙，下巴上都是麻子，所以走哪裡都戴著口罩。以前人家看見他就躲，現在看見的都誇他帥。

王雨婷：……

王雨婷：那就好，小楚，我還怕他是你ＣＰ呢！

黎楚：ＣＰ是什麼？

王雨婷：就是老公啦！

黎楚：他不是！！！！！

王雨婷：這麼說小楚你是單身嗎？

黎楚：…………

黎楚：嗯吧。

王雨婷：嗯吧是什麼意思啊？

黎楚：嗯的意思……吧。

王雨婷：……那我就當你是囉？小楚，我有沒有告訴過你，你真的好帥，好酷，好像邪魅版的楚軒大大啊！

黎楚：謝謝。楚軒大大是什麼？

王雨婷：不要在意這些細節！小楚，你覺得我怎麼樣？

黎楚：呃，忘了。

王雨婷：……………

兩人來回私信了半天，到這裡就戛然而止了。

黎楚困惑地發了一個問號過去，王雨婷也沒有回覆。黎楚想了半晌，覺得是不是因為自己太帥，所以把王雨婷嚇跑了。

他沉沉嘆了口氣，覺得有點困擾。

黎楚躺在床上玩手機玩到半夜，沈修走了進來。

黎楚道：「我完全好了，你不用再來看著……了。」

沈修徑直走進浴室，刷牙洗漱，片刻後一言不發坐在床的另一邊。

黎楚坐起身，炸毛道：「你真的不用繼續在旁邊看著，喂！」

沈修抬手將他按回去，另一隻手隨便一揮關了燈，低低道：「睡覺。」

黎楚七手八腳地掙扎時，手機響了，一看是手機遊戲發來的通知，急忙專心玩遊戲去了，連沈修的手擱在他腰上都懶得管。

夜裡，黎楚這夜貓子又玩到兩三點，終於撐不住，隨手拉了兩下被子。

過了一會兒，他發覺腰被勒得有點緊，就使勁將沈修推開。

沈修慢吞吞滾到一邊，耐心地等了一會兒，覺得黎楚睡著了，不動聲色地把被子捲了捲，踹到地上。

黎楚在夢裡感覺有點冷，迷迷糊糊伸手扯被子，摸到旁邊有個熱乎乎的東西，滾著滾著，不知不覺抱住沈修，咂吧著嘴，繼續睡。

3

第二天一早，沈修起身，將黎楚在床上擺好，又把被子拿起來，給他蓋上。

他施施然洗漱完，逕自去吃早飯。

按照他的經驗和黎楚昨晚的入睡時間，他推測黎楚會剛好趕上午飯。

黎楚確實剛好趕上午飯。

他迷迷糊糊睡醒，滿足無比地從十個小時的睡眠裡清醒過來，掀開被子時感覺有那麼一點不太對勁，不過大剌剌地拋到腦後去了。

黎楚叼著牙刷一邊刷牙，一邊下樓，看見管家巴里特正在準備午飯，自己的位置上整齊無比地放著五包番茄醬。

黎楚快樂地哼著歌幹掉了一包。

管家說道：「先生說他午飯趕不回來，不過晚飯一定會在。」

黎楚並沒有察覺到管家先生的語氣就像是在向女主人報告，他點了點頭，一邊叼著心愛的番茄醬，一邊打開手機翻消息。

今天早晨，「明日未央」竟然一連發了十多條私信。

黎楚！你在嗎！

急事！十萬火急！

……

有人一直在跟蹤我，但我找不到他們。

……

救我！我在

最後一條顯示發送來的時間就在半小時之前。

黎楚吃了一驚，心裡第一個念頭是：是晏明央發來的消息，還是王雨婷？是遇到了危險？

他立刻打開能力，調動自己的記憶細胞，回憶昨天那張被沈修銷毀的名片上王雨婷的手機號碼，立刻回撥了過去。

但對面忙線，沒能接通。

黎楚便定位了這個手機號碼，發現它停在市中心的位置已經很久了。

他沉吟片刻，回想起昨天的對話。

晏明央身邊很可能沒有別的契約者了，如果他遇到危險——不對，晏明央不是我的共生者了，我沒有必要關心他的安危……但……

黎楚皺眉遲疑了許久，最後還是決定，去那裡看看。

沈修不在SgrA。

黎楚一貫謹慎，即使現在事態緊急，仍是先聯繫了塔利昂，要求他陪同自己出門。

塔利昂當然沒有異議，相比之下，他更怕黎楚一聲不響地擅自溜出去，又被白王的敵人控制住。

兩人上車，黎楚自覺地坐進駕駛座。

他隨便一腳踹出，車迅速開動了。

風馳電掣，不能更神速。

塔利昂：「……」

十分鐘後，車駛到了預定地點。

黎楚黑著臉，從副駕駛座走了下來，塔利昂沉默地下了駕駛座。

黎楚打開手機對比位置，徑直走到一家遊樂場門口。

接著就看見，王雨婷穿著白色外套加黑色長筒襪，燦爛地笑著向黎楚招手，短髮隨著動作一搖一晃：「嗨，小楚——」

黎楚：「……」

塔利昂：「……」

王雨婷小跑上前，笑著說道：「對不起啦小楚，剛才有個變態一直尾隨我，一副想圖謀不軌的樣子……我就只好向我的男神求救啦！」

她雙手握住黎楚的手，用力閉著眼睛，一臉虔誠地說道：「原諒我好不好，你是最寬容、最大度、最酷帥，我最心愛的男神了！」

黎楚愣了一下，一股前所未有的強烈欣喜擊中了他。

原本的不快忽然一掃而空，看著王雨婷近似撒嬌的表情時，竟然有些飄飄然的快樂。

黎楚實在無法生氣，喃喃道：「好吧。」

王雨婷拉著他走過遊樂園大門，和門口的吉祥物一本正經地握了握手，掏出手機道：「帥哥，笑一個！」

黎楚茫然看著鏡頭，被拍下一張無辜被王雨婷親了一口的大頭照片。

王雨婷哼著歌，在旁邊買了兩根七彩棉花糖，遞給黎楚。

黎楚接過棉花糖，心想：好像……不太對……這是什麼節奏？

但王雨婷快樂地轉著圈，像一隻無憂無慮的鳥雀一般圍繞著黎楚，嘰嘰喳喳，用歡快而含有曖昧情意的眼神看著他。

黎楚試著冷靜下來，思緒又接連被打斷，只覺得光看到她的臉，就能感到一股莫大的喜悅。

就這樣走著，彷彿可以永無憂愁，永遠幸福，不必擔心任何事。

塔利昂板著臉跟在後面，像一道背景，默默看著黎楚和王雨婷。

兩人買情侶票進場；塔利昂單人票。

兩人一起買了一支冰淇淋，邊說邊笑，拿出手機拍照；塔利昂跟在後面默默走路。

兩人停在地圖前面研究路線，黎楚用二十秒時間算出最佳路徑，王雨婷尖叫著要給他送一百個吻；塔利昂默默數著，王雨婷實際上親了黎楚的臉頰三下，耳朵一下，被黎楚躲開了。

後來，這對年輕男女坐上幼稚無比的旋轉木馬，王雨婷硬是把黎楚推上白色木馬，給他戴上羽毛帽子拍照；塔利昂冷冷坐在兩人後面，面無表情的臉隨著旋轉木馬一起一伏，一會兒出現在照片中，一會兒只剩頭頂。

還沒到中午，兩人跑去吃速食，一人一個超級大漢堡，桌上整齊地放著三十包番茄醬；塔利昂坐在後面，桌上一包小薯條，拿出筆記本，默默記錄黎楚吃了幾包番茄醬。

結果黎楚和王雨婷雙雙吃撐了，跑去坐摩天輪順便消食；塔利昂一個人占後面一整個包廂，買了個望遠鏡，一直看著前面包廂裡的男女。

下午，兩人又去坐雲霄飛車，足足坐了三次才過癮；塔利昂走下來的時候頭重腳輕，雲霄飛車的鐵扶手被他捏出兩個清晰可見的手印。

逛完遊樂園，已經是晚飯時間了，黎楚和王雨婷坐在水上餐廳中，點了燭光情人套餐。

塔利昂坐在角落，面無表情地切牛排。

過了一會兒，他的手機響了，塔利昂接通後，聽見那頭的薩拉低聲道：「喂，塔利昂！你跟著黎楚出去大半天了，怎麼還不回來？頭兒剛剛回來了，在問黎楚去了哪裡……」

「他在遊樂園。」塔利昂古井無波地說，「和王雨婷玩了旋轉木馬、摩天輪、海盜船……」

「等等等等！」薩拉忙道，「他和誰玩？我怎麼沒聽懂，你們出去的時候不是說要去找人嗎？」

塔利昂回頭看了黎楚一眼，說道：「對，找到了，然後一直在玩。黎楚笑了至少二百一十三次。」

薩拉簡直懷疑自己聽錯了：「你說什麼！」

電話那頭一片雜音，塔利昂重複道：「以我觀察到的次數，黎楚笑了二百一十三次。」

片刻後，電話中傳出了沈修沉穩的聲音：「塔利昂，彙報情況。」

塔利昂低頭，把筆記本上的內容平鋪直敘地念了一遍，問道：「陛下，需要我採取行動嗎？」

沈修猶豫道：「告訴他，我在Z座等……不，告訴他巴里特準備了黑胡椒牛排……不，算了，你先不用採取行動，再等等。」

「是，陛下。需要我整點彙報情況嗎？」

沈修嗯了一聲道：「七點向我彙報一次就可以了。他八點前，會回來的。」

通話結束，塔利昂兩口解決切了半天的牛排，沉著臉跟在黎楚後面。

天色晚了，氣溫轉涼，王雨婷買了兩條同款不同色的圍巾，替黎楚圍上，黎楚彎著唇角替她打了個死結，兩人打打鬧鬧笑著跑走。

塔利昂在筆記本上寫：笑的次數加一。

他們走進了電玩城，塔利昂兩手抱胸靠在門口，看著兩人兌換一大堆硬幣去玩，絲毫沒有累了要休息的意思。

七點時塔利昂彙報了一次，沈修仍在等。

黎楚被王雨婷推上了跳舞遊戲機，一臉無奈地挑了一首難度爆表的快歌，冷靜地站在中間，每當音符過來的時候就動動腿，也沒有跳得很嗨，但就是沒有絲毫錯漏，臉上掛著遊刃有餘的表情。

王雨婷走到旁邊的機器上，壞笑著又開了一首歌，招呼黎楚上去，一個人同時跳兩臺。周圍的人紛紛起哄叫好，一群人舉起手機想要拍大帥哥出糗的一幕；塔利昂想了片刻，舉起手機也開始拍。

音樂響，兩臺機器同時播放震耳欲聾的不同音樂，黎楚猛地一個落地大風車，手腳並用，以極其酷炫的姿勢停滯了一秒。

眾人齊聲驚呼，黎楚迅捷得不像凡人，在一陣眼花撩亂極其刺激的狂舞中歪了歪頭，邪魅一笑，繼而毫無預兆，從幾乎水平的狀態中猛地彈起回到站立的姿態——那幾乎違背物理規律的強大張力引起了一片尖叫浪潮。

王雨婷撲上來抱住黎楚，大笑著把他從眾人的圍攻中拖出來。

塔利昂跟在後面，看了手表一眼，八點三十分。

黎楚靠在牆上，接過水喝了半瓶下去，饒是以他對身體的控制能力，那麼瘋狂的玩法也有些吃不消，笑道：「好了不玩了……」

王雨婷抱著他的手臂，把臉埋在上面，笑嘻嘻地說：「大帥哥，你太棒了！我太開心了，好多年沒有這麼開心過……小楚，小楚，你開心嗎？」

黎楚低頭看著她的短髮，愣了一下，摸了摸胸口，喃喃道：「很……開心。我從沒有感受過這麼直觀……這麼強大的……快樂。」

4

黎楚整夜沒有回來。

沈修坐在床上翻閱文件，過一會兒，就看看塔利昂新發過來的彙報。

王雨婷帶著黎楚，又逛小吃街去了，到半夜就在ＫＴＶ包了一宿，瘋狂地Ｋ歌，叫了半箱啤酒進去，清晨時候又跑去遊輪上看海，躺在甲板上睡著了。

天也就亮了。

沈修整夜沒有睡，手機上按出黎楚的名字，幾次幾乎撥通，最後仍是沒有打過去。

黎楚則狂歡了一夜，躺在甲板上，被刺目的陽光驚醒後，迷茫了好一會兒。

他下意識坐起身，看見周圍零食和啤酒東倒西歪一片，王雨婷倒在旁邊，還有點輕微的鼾聲。

黎楚打開手機看了一會兒，電量很低，沒有沈修的電話和簡訊，過了好一會兒，他慢慢地爬起來，靠在欄杆上看了一會兒陽光中的海。

他回憶昨天發生的事情，只覺得自己就像個剛做過大腦切除手術的精神病患者，腦殘無比地玩了腦殘無比的遊戲，偏偏還覺得非常快樂……現在仔細回想，只覺得自己傻得令自己心塞。

我昨天怎麼會覺得很開心？

黎楚鬱悶地摸了摸左胸口，前一天那種心臟都快爆炸的愉悅感杳無蹤跡，甚至怎麼回憶都沒有一點痕跡留下來。

他乾脆查看了身體內部的紀錄，發現昨天的多巴胺分泌量超過了之前十天的總和。

這太誇張了！黎楚吃了一驚。

他左思右想，回頭看了旁邊呼呼大睡的王雨婷一眼。

難道是因為……她嗎？

片刻後，一直看著黎楚的塔利昂默默走了過來，說道：「該回去了。」

黎楚只覺頭疼得要命，揉了揉太陽穴，想起了沈修，也想起昨天八點完全把沈修拋在腦後的事。

這一刻，他居然感到愧疚、心虛，還有一種不知該怎麼解釋的複雜心情。

昨天的事情完全脫離控制，從一開始就不對勁，但他玩起來以後……根本沒有察覺到不對勁。

黎楚長長地嘆了口氣，說道：「我們先把王雨婷送回去吧，塔利昂。」

黎楚回到Z座的時候，剛剛到早上八點多。

沈修坐在他的位置上，早早感應到黎楚正在往回走，在他進門後淡淡道：「早餐還熱著。」

黎楚看見沈修沉穩的表情，不知怎地更加心虛，幾乎矮了一截地慢慢走過去，溫順地坐下來乖乖吃早餐。

「以後不要出去太久，也不要太遠。」沈修看著黎楚吃東西，緩緩說道，「待在我可以很快找到的地方。」

他的話語仍然柔和，並不焦躁，但黎楚與他相處的時間不短了，從裡面聽出了一絲忍耐的意味，而且是快要觸碰到底線的忍耐。

若是他對黎楚發脾氣倒還好，這樣反而讓黎楚極為愧疚。明知沈修喜歡自己還跑出去跟別人鬼混整晚的行為，簡直欠揍到了極點。

他完全從飄飄蕩蕩的恍惚感裡走出來了，心中很沉，又有些心痛。

過了一會兒，黎楚把手上的叉子丟了，站起身來。

沈修淺藍色的眼睛一直看著他，神情難得地有些疲憊，不過他總是很穩重。

黎楚走過去，環住沈修的脖子，試著親了他一下，支支吾吾地說：「對……不起……」

囂張跋扈才是黎楚的常態，他實在是太不擅長道歉了，聲音含糊得沈修幾乎聽不清，不過他看了看黎楚面紅耳赤的神態，忽然明白了。

沈修再次一敗塗地，嘆了口氣，心軟地抱住黎楚，說：「你要是覺得這裡實在無趣……偶爾出去玩玩也是可以。我不能總是陪你在外面遊戲，抱歉。」

黎楚脖子都快紅了，堅決不讓沈修再看到自己窘迫得不得了的表情。

——道個歉而已，他居然就羞窘得不行。

沈修想著想著，又覺得黎楚這種表現實在是太……可愛了，不由得把黎楚的臉扳過來，不由分說地吻了過去。

他這種霸道總裁一樣的行為黎楚居然也習慣了，完全接受白王就是言語上的侏儒、行動上的巨人這種設定，有時還不亦樂乎地反抗兩下。

……然後被沈修逮住鎮壓，一直到黎楚快要炸毛開始咬他，最後才罷手。

晚上，黎楚偷偷溜去找SgrA的治療師薩拉。

他迷茫地找了一圈，發現北庭花園內不是一群不食人間煙火的契約者，就是一些單身好多年至今沒什麼脫團打算的魔法師。

黎楚極為難得地想要諮詢感情問題，結果找來找去，最後只找到了SgrA的模範情侶——薩拉和安妮。

安妮抽著菸，和黎楚面對面坐在沙發上，不住打量對方。

薩拉趴在安妮沙發的靠背上，兩人齊齊支著下巴，好奇地看著黎楚。

黎楚道：「所以就是……我跟那個王雨婷玩了一天……」

安妮熄了菸，若有所思道：「你說你跟她在一起很快樂，很開心，覺得很輕鬆？」

「應該是這樣。」

薩拉插嘴道：「什麼叫『應該』？」

黎楚嗯了一聲，道：「因為當時我的多巴胺分泌非常多，血液流速加快，心跳頻率上升，面部肌肉……」

「不必說下去了。」安妮撫額道，「那就是醫理上的『快樂』感覺。」她心裡隱隱有不祥的預感，聽著黎楚的敘述，總覺得他和王雨婷之間的交流互動有什麼不對勁的地方。她正在沉思，忽然聽見黎楚說了一句石破天驚的話。

「難道這是傳說中的『愛』？」

薩拉下意識低頭看安妮，安妮也看了薩拉一眼。

兩個女人面面相覷，從彼此眼裡都看到了世界末日般的場景。

要死了！一個從沒見過的契約者跳出來要把白王的愛人搶走了！

薩拉慌忙道：「不不不等一下，結論不能下得這麼早，你看見她就開心，也不代表你愛上她了啊！」

黎楚若有所思，摸著下巴道：「妳這麼一說……原來我還真的是看見她就開心，就算什麼都不做，不知怎地也感覺很歡樂，一點都不無聊……」

薩拉無言以對，求助地看向安妮。

安妮亦覺得十分棘手，試探地問道：「那，除此之外呢？」

「別的倒沒什麼。」黎楚回想了片刻，「不過這難道不夠嗎？我雖然不太懂，不過只要這樣我就能快樂的話……光這一條還不夠定義為『愛』嗎？」

薩拉順著黎楚的思路想了想，脫口道：「不夠啊！頂多算喜歡而已啦。」

她說得太快，安妮沒來得及阻止，等薩拉說完，她自己也一下就後悔了。

黎楚一捶手心，恍然大悟道：「原來如此，我『喜歡』王雨婷！」

薩拉抓狂地說：「不不不我只是隨便說的！你不要聽我說！我說的都不對，不是，那個不算喜歡，什麼都不算……」

安妮無奈地拍了拍薩拉，道：「去關門，窗也關了。」

薩拉嗚嗚哭著去關門了。

安妮下意識抽出一根菸，又煩躁地丟了，對黎楚說道：「你真的……對那個女人有這麼強烈的感覺嗎？」

「嗯……」黎楚回憶了好一會兒，不確定地問道，「妳說的『感覺』，是指哪種感覺？」

安妮看了薩拉的背影一眼，懶洋洋道：「差不多就是看見了就會開心……」

「就是這樣。」黎楚道。

「我還沒說完。」安妮道，「看不見一會兒就會想念，想念久了就很憂鬱，憂鬱久了還會絕望……」

黎楚由衷地驚恐道：「好可怕。」

安妮：「……」

薩拉回來了，看見黎楚和安妮都用憐憫的眼神看著對方，好奇道：「你們說到哪裡了？」

黎楚問道：「薩拉，妳的……妳覺得『愛』是什麼感覺？」

忽然在愛人面前被問到這種問題，薩拉臉上泛紅，想了一會兒，笑道：「就是看見好吃的好玩的都想給她留一份，碰見什麼事都想告訴她，知道她會在背後支持自己。」

安妮道：「你對那個王雨婷也是這樣？」

黎楚默默搖了搖頭，說：「我能確定，永遠支持我的人，只有沈修一個。」

他終於想到沈修了，薩拉簡直快要感動得哭出來。

黎楚忽然又問道：「那妳和安妮確定關係以前呢？妳怎麼知道安妮會和妳在一起？」

這問題對薩拉來說有點困難，倒是安妮慵懶道：「是我追她的。我們相見的第一眼，她把我當共生者，我把她當夢中情人了。明明從來沒見過，但那時候就像是偷偷愛了二十年的人忽然出現在我眼前，我當時就知道，不論多久、不論多遠，她都會回到我的身邊。」

黎楚茫然道：「那契約者怎麼辦？我前二十年沒有做過夢，不知道愛了二十年是什麼感覺。」

安妮嘆了口氣。

「而且……」黎楚若有所思，「我也不知道這是她的能力影響我，還是我自己的感覺。該怎麼分辨？」

安妮想了一會兒，道：「那就給你一個必要非充分條件吧。撇開快樂這種感覺不談，你看見那個王雨婷的時候，仔細地想想，如果有衝動有欲望，想和她親近，那很可能……就是喜歡了。」

5

另一邊。

SgrA 的情報組組長馬可正在不停發訊息給沈修。

薩拉和安妮書房的窗臺上有一盆多肉植物，是被馬可碰過的，於是馬可能共用它的感知範圍。

黎楚去找薩拉和安妮時，馬可好奇地聽了一下下，真的就一下下。

他聽見黎楚醍醐灌頂地說：「原來如此！我喜歡王雨婷！」

於是馬可瞬間領悟到一件事──麻煩大了。

沈修收到馬可訊息的時候正在外面開會，他的領地上一個名為「無淚之城」的組織最近有些異常舉動，引起了各方關注。

一場會議能夠請到白王出席，規格當然不小。沈修最近很少在這種場所出現，許多人等了半個月，就只等這個機會想要與白王說些話。

但他們很快發現，沈修接到這個訊息後始終若有所思，沒多久就提前離席了。

馬可給沈修的訊息：「**黎楚出軌了。**」

幾分鐘後薩拉傳來的訊息：「頭兒！出大事了，黎楚可能要去開房間了！」

沈修沉著臉坐在車裡，默默把兩條簡訊又看了一遍，片刻後薩拉再度傳來一條巨長的消息。

「都是我的錯！黎楚跟那個女契約者玩了一天，回來問我們，然後……不知怎麼他決定再去見她一次，確定自己是不是喜歡她……現在黎楚又拉著塔利昂出門了！他要去找那個女契約者，頭兒！」

沈修看到一半就把手機關了，放在座位邊，閉著眼，深深吸了口氣。

早在黎楚夜不歸宿時，他就意識到事情不對，只不過深信著黎楚的控制能力，願意放任他自己處理這些事。

沈修想：我守了他這麼久愛了他這麼久，最後一個女人輕易地就能帶他走……這太荒謬了。

為王二十年，居然要在一個小人物手裡一敗塗地嗎？

荒謬。

白王無論如何，都不會接受這樣的結局。

司機女孩感受到後座上低沉的氣壓，戰戰兢兢地開著車。

紅燈結束了，她抬頭看了一眼，忽然看見旁邊的人行道上有一道十分眼熟的身影。

沈修亦看到了那個身影，那是黎楚。

黎楚正與王雨婷並肩走在街邊，雙方有說有笑。

「停車。」沈修道。

但車正開在十字路口正中央，司機女孩遲疑了一瞬，想先開過去再說。

就在這時。

沈修猛地一拳落在後座上，整輛車劇震，嚇得司機渾身一顫，下意識縮了起來。

沈修面沉如水，看不出喜怒，也看不出剛才失控的舉動是他所為，只是低沉地重複道：「停車。」

車在馬路中央停下了，引起十字路口一片喧譁。

司機驚疑不定地向外看去，只看見路邊幾道幾不可查的奇妙極光正在消散。

她知道，是沈修使用了能力造成光學迷彩，隱身走了過去。

黎楚跟王雨婷來到一條著名的小吃街，後者仍然處在驚喜之中，嘰嘰喳喳地說道：「好開心啊！昨天你就那樣走了，也不留下來多陪陪我，我還以為沒戲了呢！嘿嘿嘿，謝謝你邀請我。」

「不用謝，來這裡其實是因為……」黎楚說到一半，看見路邊的章魚燒攤販，走過去道，「老闆！薩拉讓我來取章魚燒的！」

章魚燒老闆看了黎楚一眼，也沒多作確認，豪爽地說道：「好的，二十份對吧！帥哥你什麼時候來拿，我替你提前做好。」

「一小時候吧。」黎楚想了想道，「不，半小時。」

兒。

黎楚帶著王雨婷一路往下走，替薩拉和安妮叫了五十來份外賣，終於消停了一會燈火通明，兩人站在一棵巨大的梧桐樹下，樹上掛著的紅色絲帶向下垂落，飄在黎楚肩上。

王雨婷彷彿有所察覺，仰頭看著黎楚，過了一會兒，期待地閉上眼。

黎楚低頭看著王雨婷，醞釀了半晌，走神了。

他茫然看向漆黑的街角，四處張望，心有所感，總覺得沈修正在身邊。

千家燈火，人群熙攘，黎楚沒有找到沈修，一時間悵然若失。

許久後，黎楚拍了拍王雨婷的肩膀。

王雨婷失落地睜開眼，被黎楚拉著走時，竭力掩飾臉上難過的表情。她用力閉了閉眼，握住黎楚的手，打開了能力。

黎楚腳步一頓，回過頭，看見王雨婷溫柔的笑靨。

這條小吃街仍帶著這座城市多年前的特色，街邊巷陌都很古舊。

沈修隱身在燈火闌珊處，遠遠看著黎楚與王雨婷行走在熱鬧的光亮處。

許久後，沈修轉進小路中，盡頭是一個小小的佛祠。

佛祠很小，只有幾坪大，沒有人，一尊含笑的菩薩像、身前兩個小小的蒲團，便是全部的裝飾了。

菩薩像蒙著灰，金漆斑駁，半睇著眼，低頭看著他。

沈修看了一會兒，沉默著走進去，安靜地跪在蒲團上。

黎楚帶著王雨婷走進小岔路，正想說話，忽見裡頭居然有一個小小的佛祠。裡面空無一人，菩薩像前燃著一炷香。

兩人走到門前停下。

黎楚道：「收起妳的能力。」

王雨婷低著頭，右腳磨蹭著地板，低低道：「我不要。」

黎楚一時不知如何說服她，王雨婷就接著說道：「我只是想讓你開心一點而已。」

黎楚嘆了口氣，複雜地說道：「我沒有想過要和妳有交集，妳何必來招惹我？」

「我只是喜歡你而已，第一眼看見就喜歡你了！」王雨婷倔強道，「你既然沒有正在交往的對象，為什麼不和我試一試？」

「試過了。」黎楚淡淡道，「我們不適合。」

王雨婷猛地抬起頭道：「為什麼不適合？我這麼喜歡你，和你在一起這麼快樂……難道你不覺得快樂嗎？這不好嗎？我們可以一直這樣生活，每天都這麼幸福美滿，終我一生，都願意讓你這樣開心，不好嗎？」

「妳使用能力的時候，我當然很快樂。」黎楚倚著牆，目光漫無目的地向外望去，露出些許無可奈何的神色，「但和妳相處的時間越久，我在……另一個人面前就越難過。我不想每次回去，看見他的眼神……就覺得……」

「那你為什麼還要見他？」王雨婷哽咽著說，「如果你和我在一起很快樂，回去見他就感到難過，你為什麼要見他呢？你和我在一起就好了啊！

「黎楚，人的一生有那麼多選擇，但是最後都會死，如果一定要死，為什麼不讓自己過得快樂一點？我不想看見你難過，只希望你快樂……你只要每天對我笑一笑就好了，我可以讓你快樂十年、二十年，甚至一輩子，我都可以這麼做……」

她拉起黎楚的手，眼裡帶著博伊德光：「看，像這樣，你可以很輕鬆很幸福。我的能力……是為你出現的，我是為你而生的，我真的太……喜歡你了。」

黎楚將手抽出來，嘆了口氣道：「都是假的。」

王雨婷雙手捂著臉，低聲道：「假的有什麼關係！真假有什麼重要！假的快樂也可以讓人幸福一輩子……可以讓你笑啊！那還不夠嗎？」

黎楚搖了搖頭，輕拍王雨婷的肩膀：「單純的快樂有什麼幸福的？我……不，人有感情不是為了感知快樂。憤怒、悲傷、恐懼種種情緒，如果都不能體驗，那也很無聊不是嗎？」

王雨婷沒有聽懂，只是呆呆站著。

黎楚笑了笑，說道：「我這個人喜歡刺激，不喜歡單純的快樂，日子過得太平淡，我會發黴的。假如一定要選個人陪我過日子，那我希望他可以陪我跳懸崖，被人追殺還有追殺別人，還有跟我對打，打完喝酒，喝完看星星看月亮，聊聊殺人技巧，指點下江山，順便罵兩個王什麼的。」

說著說著，黎楚自己笑了起來。

「我也可以……陪你做這些事。」

「那不一樣。」

王雨婷固執地問道：「有什麼不一樣？」

黎楚仰頭看了看天空，思考了好一會兒，終於說道：「因為妳……不能殺我。」

王雨婷愕然道：「什麼？」

「我和妳待在一起，雖然快樂，但是睏得很。要是妳有能力威脅我的生命就好了。」

黎楚嘴角微微一彎，「那才有趣，才有一起玩的樂趣嘛。」

兩人沉默了片刻，王雨婷還是想不明白。

黎楚雙手插進口袋，慢慢向外面走去：「走吧，不指望妳聽懂了。我們在這裡結束吧。」

「等、等等！」王雨婷抹了抹眼睛道，「我想……拜一下這個菩薩。」

黎楚回頭看了這間小小的佛祠一眼，說道：「妳信這個？」

「我不信……」王雨婷說，「我只是……想求一求……試試。」

6

城市依然熱鬧。

王雨婷跟著黎楚在人群裡穿梭，哭哭啼啼，反覆問他為什麼不喜歡自己。

黎楚快要抓狂，不斷向她解釋這個問題，但不幸被屬於女人的邏輯強暴了。

「這只是不適合的問題！」

「為什麼不適合？是我不夠好，不夠愛你嗎？」

「妳很好！也很……那什麼！但是，我對妳沒有感覺。」

「那是為什麼！難道你心裡有別人了嗎？」

黎楚步伐一停，無奈道：「沒有，和這些都沒有關係……我只是不喜歡妳而已。」

王雨婷不說話了，黎楚嘆了口氣。

過了一會兒，王雨婷又道：「那你為什麼不喜歡我？是我不夠好，不夠愛你嗎？」

黎楚：「……」

幾分鐘後，黎楚拉著王雨婷走到街邊，看見塔利昂和晏明央分別等在兩輛車外。

王雨婷停下腳步道：「是你叫小央過來的嗎？你就這麼迫不及待……想把我塞回去

嗎？」

黎楚正想解釋，她忽然蹲下來嚎啕大哭：「老娘這麼好，你為什麼不喜歡老娘！把我騙出來，說的全是絕情話！有個屁不適合，不就是瞧不上老娘嘛！臭男人！滾！」

黎楚尷尬地站在旁邊，好不容易聽懂了她嚎啕出來的話，認真地想了一會兒，走進塔利昂車裡，聽話地滾了。

晏明央超級尷尬地走過來，扶起王雨婷，偷偷道：「婷姐，黎楚走了。」

王雨婷兇惡地在晏明央背上拍了一巴掌，臉上仍梨花帶雨地說：「小央，老娘不好看嗎？不深情嗎？不能帶給他快樂嗎？你說！」

晏明央哆嗦了一下，小聲說：「婷姐妳最美了。」

王雨婷吸了吸鼻子，怒道：「那個臭男人絕對是心裡有人了！騙得老娘好苦啊！」

「婷姐……」晏明央猶豫了一會兒，說道，「其實那天跟黎楚一起來的男人，應該喜歡他很久了，只是還沒有告白而已。」

王雨婷不哭了，瞪著眼，小聲問：「你怎麼知道的？」

「眼神……吧。」晏明央說，「他看著黎楚的眼神，像伯父那天在加護病房看著伯母一樣，少看一秒都捨不得。」

王雨婷捂著臉，帶著顫音說道：「小、小央……我好像更喜歡黎楚了。」

晏明央滿頭問號：「什麼？」

王雨婷哭訴道：「而且我開始喜歡另一個了！天啊這對死基佬好有愛……」

黎楚被送回北庭花園，三步併作兩步，走進Z座。

他打開門，喊道：「沈修——沈修？不在嗎？」

黎楚走進書房、臥室，到處都找了一遍，就是沒看到沈修的身影。

「人去哪裡了？」黎楚看了牆上的時鐘一眼，已經晚上了。

他來到餐廳，看見管家巴里特正在收拾晚餐，問道：「沈修呢？」

管家說道：「先生沒有留下話。」

黎楚哦了一聲，有點難以言喻的失落，他讓管家將薩拉點的外賣帶過去，自己帶著剩下一袋燒烤坐在客廳裡。

黎楚每等半小時，就解決半盒消夜，等著等著，東西吃完了。

屋裡漆黑一片，黎楚不想開燈，就在黑暗裡等著。

黎楚想：今天明明只想試一試，不過果然我不喜歡王雨婷……拒絕她的時候是不是太直白了？為什麼人類要委婉地拒絕別人啊，委婉了就不是拒絕嗎？不懂。

他躺在沙發上，滾了一圈。

我對王雨婷說了很多話，怎麼現在想想，像對我自己說的一樣？我好像自己想這些事的時候就沒這麼清楚，難道不用腦子說話真的說出來的都是真心話……呃。

黎楚抱住沙發上的抱枕，懶洋洋縮成一團，支著下巴深沉地思考。

有點……想把那段話告訴沈修。想讓他陪我去跳崖……不是，是玩高空彈跳什麼的，我跟他在一起的時候怎麼就不無聊呢？雖然有時候感覺他挺嚇人的，不過，現在更想知道他發怒是什麼樣子。對，我已經沒辦法在其他人那裡過日子了，沒有沈修感覺什麼都不刺激……沈修什麼時候回來？

許久後。

黎楚孤零零坐在沙發上，委屈地抱著抱枕。

沈修呢？我連怎麼說都想好了，連他會怎麼反應都想好了……沈修呢？

天色漸漸亮了。

清晨的霧氣籠蓋著一切，晨曦溫柔地投射在黎楚臉上。

他一腳踹開抱枕，憤怒地喊道：「沈修——！」

沈修沒有回來。

由於他無故消失，兩天後，SgrA 按照建立時既有的規矩，開始臨時會議制度。馬可全權負責重新聯絡沈修，塔利昂主持中饋。

薩拉則無奈陪著黎楚。

「你今天感覺好點了嗎？」薩拉問道。

黎楚坐在沙發上，一聲不吭，兩眼泛紅。

薩拉與安妮對視了一眼，安妮道：「說出來會感覺好點的……黎楚，你現在怎麼樣？」

黎楚慢慢轉過頭，失魂落魄道：「伴生關係差不多回復了吧，太……難受了。薩拉，把平板還給我。」

薩拉遲疑了一下，安妮無奈道：「還是讓他玩吧，好歹能轉移注意力。」

薩拉於是把平板遞給黎楚，黎楚接過來，開始玩切水果。

安妮道：「你……有沒有比昨天好一點？」

「沒有！」黎楚一邊切水果，一邊炸毛道，「沈修那個混帳，每天都憂鬱得要死要活！我……」

他炸毛到一半，忽然沒了力氣，吸了吸鼻子，委屈道：「太難過了，我心臟難受得要死，感覺像被鐵絲勒住了一樣……」

薩拉聽著黎楚有氣無力的敘述，不禁有些心酸：「對不起，這個我也沒有辦法……不解除伴生關係，契約者的情緒一定會傳到共生者身上，無法可解。」

黎楚憂鬱地說：「你們還聯繫不上他嗎？」

說到這個，薩拉也快哭了：「我們也很急，可是連馬可都不知道頭兒去了哪裡……要不然你再感受一次，說不定能找到一點線索？」

「要我說幾次啊！」黎楚把平板一摔，沮喪得要命，「除了難過、憂鬱、悲傷，就是氣得要死！還很不甘，很想殺人！還有……想見他！」

黎楚抱著頭，煩躁道：「老子想看見沈修！下一秒！現在！」

薩拉和安妮面面相覷，又無可奈何。

沈修不肯出現，說什麼都是徒勞。

黎楚站起身，憤怒地上樓。

安妮問道：「你要做什麼？」

「割腕！」黎楚頭也不回地大喊，「他再繼續一個人鬱卒下去，老子就跟他同歸於盡！」

薩拉驚恐道：「不行！等等！」

黎楚把自己關在房間裡，打開手機，茫然地解鎖，看著螢幕暗下去，又解鎖，又暗下去。

現在他是一個人了，悲傷的感覺使他不堪承受。

太痛苦了，如同被溺斃在深海裡。

痛苦又絕望，不甘又遺憾。

——沈修在做什麼，在想什麼？

黎楚打開能力，看見資訊流，也看見從自己的精神內核裡流竄出去的數據，直直深入地底。

又是這樣。

他想憑藉他們之間的伴生通道找到沈修，卻回回都找不到數據都流向了哪裡。

黎楚躺在床上，看見晏明央傳來了消息。

他想了好一會兒，有氣無力地直接用能力隨便回了一句。

晏明央：嗨……在嗎？

黎楚：說。

晏明央：那個，我看了你的人魚圖好久……就是「大河二何」第一次上傳的那張CG插畫。你的色彩、筆觸，還有畫面感都好棒……（以下省略一千字）

黎楚：有事就說，我沒空。

晏明央：呃，說起來有點不好意思，我大概是看太久了，臨摹了兩張，結果新畫的作品都感覺跟你的……風格太像了。不是那種畫風接近的相似……怎麼說呢？

晏明央：就好像我在幾年前，真的見過畫裡的人魚似的。

黎楚：沒事我下了。

晏明央：等等！

晏明央：其實……我失憶以前，是不是見過你？

黎楚：沒有。

晏明央：對不起！我只是想說，我失憶以後其實夢過你……那時候我們還沒有見過面，可是我在夢裡，就像感覺到你的喜怒哀樂一樣，雖然看不見任何畫面，感覺卻很真實……也是那種感覺給了我繪畫的靈感。每次我看見你的人魚圖，就會覺得很安心，很喜歡人魚的陪伴。那個，我想告訴你，是你給了我創作的勇氣，謝謝！

過了很久，黎楚回道：不用謝。

晏明央：對不起，我是不是打擾到你了？

黎楚：說說你那個夢。

晏明央：呃，其實也記不太清楚了，只是好像有夢到你的面容。有一團青色的，感覺類似靈魂的東西進到我的心臟裡面，我就感覺很多很強烈的情緒……簡直就像在感受另一個人的人生悲喜一樣。大概是因為失憶以後記不起很多東西，所以這個夢就顯得格外真實吧，說不定我夢到的是以前的記憶，然後我以前也真的見過你呢。

晏明央：黎楚？你還在嗎？

7

晏明央的話，彷彿預示著什麼祕密。

那是亙古以來，契約共生的祕密。

黎楚做了個夢。

夢見最初他遇見沈修的時候，兩人的關係鬧得很糟。

那個時候，黎楚還曾經逃出去，帶著筆記型電腦，孤零零坐在街頭，懷裡抱著一隻野貓。

天色很暗，可城市的燈光很亮，照得沈修的輪廓逆著光，像從光中誕生的王。

沈修慢慢走過來，低頭看著他。

「怎麼一個人坐在這裡？」沈修摸了摸野貓，將牠拎起來，放到一邊，「跟我回家嗎，黎楚？」

黎楚說：「我很冷，很孤獨，很傷心。你為什麼丟我一個人在這裡？」

沈修蹲下來，伸手握住黎楚冰涼的雙手，溫和道：「對不起，我來找你了。」

黎楚歪了歪頭，說：「這個是夢，對嗎？」

他使用能力，看見熟悉的場景，資料洪流在沈修的眼神中隱沒。

沈修青金色的精神內核與自己連結在一處。

沈修說：「我的一半靈魂，落在了你的身上。無論你走到哪裡，我都可以找到你。」

黎楚愣了一下，看見夢中世界從遠處開始漸漸崩碎。

夜幕被白光撕裂和吞噬，沈修的身影消失在光裡，唯有一道金色的伴生通道，始終與自己相連。

黎楚醒來時，天還未亮。他翻身坐起，匆匆拿起外套，向外跑去。

他沒有考慮該去哪裡，沒有考慮怎麼走，就這麼穿著拖鞋披著外衣，茫然向著一個方向追去。

——我想見他，想見沈修。

黎楚有如遊魂一般，在黎明時分獨自走在街道上，他最初懵懂地行進，漸漸清醒而明白，最後奔跑起來。

他在第一絲曙光裡奔跑，急切又充滿期待，什麼都已顧不上。

他不知道自己跑了多久，只覺得以自己的體力也已經接近精疲力竭。而天色已經大亮，一輪紅日噴薄而出。

黎楚在一座白色建築前停下，有人攔住他，被黎楚制伏。

他呼吸急促地推開大門，裡面是一片純白大理石地板，光可鑑人，空間大得驚人，有人抬槍要求他停下。

黎楚從迷茫中回過神，說道：「沈修……呢？我來找沈修。」

有人從側門走來，取出儀器在黎楚眉心照射了一下，說道：「契約者，按照規矩，擅闖白塔者關押……」

「等等。」又有人出現，說道，「我認得他，這是白王陛下的愛人。」

四周都靜了，那人走到黎楚面前，饒有深意地說道：「您好，黎楚先生，好久不見。」

黎楚全然不認識他，只問道：「沈修在哪裡？」

「白王陛下正在他的書房裡，按照規矩，沒有他的許可你不能見他。」那人說道，接著溫和地笑了笑說，「不過陛下的精神狀況並不好，作為他的顧問之一，我覺得有必要……讓陛下和他的愛人相處一會兒，也許這會對陛下有所幫助。」

顧問親自領黎楚走進去，帶黎楚做過登記以後，用身分許可權卡和虹膜認證刷過重重大門。

「對了，純屬好奇，我想冒昧問您一句，您是如何找來白塔的呢？這裡在『認知干擾』的能力作用下，人類意志無法主動意識到。」

黎楚笑了笑，說：「我找他，就像契約者找共生者一樣，出自本能。」

他們走到白王的書房前，門上顯示著請勿打擾的紅色。

顧問敲了敲門，問道：「陛下？有人前來拜訪，您是否願意一見？」

門內無聲，顧問又敲了一次，無奈道：「陛下，是黎楚先生來了。」

依然毫無聲息。

黎楚道：「顧問先生，讓我來，你先去忙吧。」

顧問想了想，覺得讓他們自己解決比較好，便告辭離開。

他走時回頭看了一眼，正看見黎楚後退一步，旋即飛起一腳把門踹開。

顧問：「……」

黎楚走進書房，封閉的巨大空間裡，有一張專用書桌，沈修坐在椅子上，低著頭。

他反手將門關上，走過去低聲道：「沈修？」

沈修沒有動作，黎楚走到他身邊，半蹲下來看了一眼，發現沈修竟睡著了。

沈修面色蒼白，眉頭緊鎖，一手支著額頭，低頭沉睡，兩眼下是濃重的青色。

他面容疲倦，連剛才的動靜都沒能吵醒他。

黎楚安靜地看了他一會兒，看他銀白的髮梢、高挺的鼻梁、深陷下去的眼窩。

「沈修……」黎楚輕輕喚道。

沈修緩緩睜開眼，看見黎楚正對著自己的神情，許久後，疲倦道：「你又出現了，黎楚，你究竟……要殺我幾次？」

他們近在咫尺，黎楚通過伴生通道，能感受到沈修心內的悲傷和疲憊，還有一種久別重逢的愛和無奈——是沈修竭盡全力也學不會停止去愛的無奈。

沈修神情淡漠，伸出手捏著黎楚的下頷，居高臨下道：「我不會再給你機會了。」

這是屬於冷酷無情的白王的表情。

是最初相遇時候，還沒有對黎楚愛入骨髓的白王。

黎楚試著吻他，但沈修將他推倒在桌上，完全不留餘地地壓制住他的動作。

沈修冷冷道：「我等了兩天，終於再次丟掉了感情的負擔。我曾經心甘情願被你玩弄，幾乎放棄尊嚴去爭奪你淺薄的『喜歡』……但現在你已經沒有資格再傷我、殺我了，黎楚。」

黎楚攀著他有力的手臂，紅著眼眶道：「你這麼深的絕望還有悲傷，全都丟給我，就可以當作沒發生過嗎……」

「那已經沒有意義了。」沈修漠然道，「我會毀掉北庭花園，抹掉你存在的痕跡，將你關押在 SgrA 的總部……然後繼續坐在我的王位上。我不需要感情這種東西，為王者，本就不需要感情。」

他說著絕情的話，黎楚卻分明感受到他的痛苦和不甘。

「我……不信。」黎楚掙扎著道，「就算你真的不需要感情……也應該在完整的情況下……作出判斷。你現在……只是一個殘缺的人而已！」

沈修將他壓制在書桌上，桌上零碎的東西掉了一地。

黎楚喘息著說：「你現在假如還有百分之一的感情在……假如還有百分之一愛著我……就吻我，現在。」

沈修良久沒有動作，黎楚痛苦地閉上眼。

巨大的絕望正在啃噬黎楚的內心，他斷續說道：「我今天……才想明白一件事。沈修，契約者和共生者之間的種種關係，都是因為『靈魂』……契約者有一半的靈魂，能感受到情感的靈魂，落在共生者的體內，所以才會……有伴生關係，也所以共生者死後，契約者一定會死……但契約者那一半靈魂泯滅的話，共生者卻仍是一個完整的人……」

黎楚睜眼看著沈修冷漠的眉眼，喃喃道：「我們……不是那種關係。沈修，我的身體裡有著你的一半靈魂；而你……也保存著我的一半靈魂。我們都……不是完整的。」

下一刻，黎楚瞳孔驟然一縮。

沈修牢牢壓著他，猛地俯身吻了下來。這個吻斷續而生澀，帶著微不可查的溫柔。

黎楚的絕望感在這一刻突如其來地被緩解了——他不知道這是因為沈修不再那麼痛苦，還是因為伴生關係漸漸抽離了。

沈修緩緩道：「你現在說這種話，又想證明什麼？」

黎楚抬起雙腿，夾在沈修的腰間，阻止他起身離開。

「不證明什麼。就告訴你一聲，我不喜歡王雨婷，也從沒喜歡過其他亂七八糟的人。」

沈修淡淡道：「我知道。你是生來就學不會愛的人。」

「操！不是這個意思！」黎楚罵了一聲，「你就不能往好的方面想嗎？」

「我該怎麼想？」沈修低聲道，「你總是給我希望，又給我絕望……像這樣，還要殺我幾次？」

「我……你……你就看不出我很遲鈍嗎！」黎楚怒吼了這麼一句，抬手環著沈修的脖子，主動含住沈修的嘴唇，努力吻了過去。

沈修一手支著書桌，被黎楚用力地吻過來，將嘴唇咬破了，淡淡的鮮血味道刺激了兩人的感官。

黎楚努力地掛在沈修身上，與他緊緊相貼，片刻後，沈修愕然放開黎楚。

「就是這樣。」黎楚面紅耳赤，把頭撇到一邊，哼道，「老子硬了，你負責。」

就在他說話的短短幾秒裡，沈修瞇起眼，幾乎是立刻就起了反應。

他們貼得極近，下身幾乎碰在一起，黎楚滿臉紅暈，被按在書桌上，雙腿夾著沈修的腰。

沈修挑開黎楚的襯衫，熾熱的手掌從他窄瘦的腰部向上游移，將黎楚的襯衫勾到他上面。

黎楚雙手不知不覺就被衣服困住，抬起手想要遮擋住自己的表情，卻被沈修捉住了手腕，又扳開。

「讓我好好地，『檢查』一下。」沈修低沉地說道。

黎楚瞳孔驟然一縮，沈修的手已經解開他的拉鍊，慢慢伸進去，隔著底褲，仔細地描繪裡面的形狀。

被突然襲擊的黎楚只覺得有一種被侵入了隱私領地的羞恥感，下意識地掙動了一下，臉上幾乎要燒起來了。而沈修冰藍色的雙眼仍一動不動地注視著他的神情，那視線帶著令人心驚肉跳的危險感。

「嗯——」黎楚驚喘了一聲，沈修隔靴搔癢般地摸了一會兒，忽然惡劣地捏了捏頂端，大力地搓揉起來。

刺激突如其來，他下意識地仰起頭，勻稱的軀體弓成矯健的弧度，卻剛好落進了沈修的手裡。

「……還不夠。」沈修吻了吻黎楚的下頷，順著他線條優美的頸部向下吻去，繼而扯開他的襯衫，吸吮著被迫裸露出來的乳頭。

「操，別……舔！」黎楚抖動了一下，怪異的感覺彷彿被沈修以舌尖注入了全身所有經脈，「我又不是……女人！滾蛋……別亂舔……嗯……」

沈修抬起頭仔細地看著黎楚的表情，一手箝制著他的雙手，另一手將黎楚的底褲褪到膝頭，聲音熾熱地說道：「又騙人，你都已經——」

他的手指靈活地捻動黎楚頂端分泌出的黏液，彷彿開發寶藏一般地撫摸每一寸私密處，尋找讓黎楚露出更動情的表情的地方。

黎楚撇過頭，將臉頰貼在冰涼的書桌表面上，隨著沈修的動作，偶然急促地低喘一聲，或者被摸得呼吸一滯。

他竭力克制自己的表情，隱忍的喘息聲卻讓沈修興奮得無以復加。

「嗯……再……快點！」黎楚腰身微微發顫，咬牙道，「要……要射了……嗯！再——」

沈修放慢動作，用指尖輕輕搔動手下瀕臨爆發的東西，卻不肯繼續給與刺激，只是不斷挑逗黎楚，看他露出忍無可忍的崩潰表情。

黎楚雙手受制，腰身微微搖擺，陽具興奮地不斷吐出液體，卻在高潮前被迫停下了，罵道：「你他媽——」

沈修猛地低下頭，狠狠吻住黎楚，舌頭在他口中攪動，堵住了他未盡的話。

他一邊將手繼續向下擠進黎楚的臀縫裡，試著用兩指強硬地分開緊縮的穴口，剛將指尖擠進去，就感覺被害羞地用力咬了一下。

「等……等下……」黎楚怒道，「手指別他媽……忽然伸進去……操，很痛的！……你從來沒幹過嗎！不知道要潤滑嗎……操，忘了老子也沒被幹過！」

沈修停了一下，他真的不知道潤滑這個事。

片刻後，他將書桌內翻得亂七八糟，找到半瓶橄欖油。

正準備繼續，卻看見黎楚滿臉通紅，微微弓起身子，仍被襯衫亂七八糟地纏著的雙手已經放下來，正在套弄自己筆挺的器物。

「嗯……不要……」黎楚支起一條腿，用力去踹沈修，但還是被他抓住雙手，重新按住。黎楚崩潰道：「先讓我……射出來！別……這麼玩……啊，嗚——」

沈修安撫般地吻了吻黎楚，一邊將手指重新擠進他後面，一邊壓抑著欲望道：「你自己先爽了……還會乖乖躺著，嗯？」

黎楚仍被按在書桌上，生怕自己不小心掉下去，雙腿仍攀著沈修，後穴被異物侵入的感覺一刺激，緊張得肌肉緊繃，咬牙切齒地心想：你怎麼知道！老子爽完了幹嘛還要被你操！

但沈修太瞭解他的想法了，硬生生將黎楚吊在那裡進退不得，同時將橄欖油從微微翕動的穴口倒進去，擠進去第三根手指。

「慢……慢點……」

黎楚處在全面恐慌中，起初還有餘力爆粗口緩解自己的驚恐，後來緊張得只會發顫。

沈修是生手，偶爾不知輕重用手指撐開甬道，一會兒又把黎楚擴張得疼到不行。

兩人都蓄勢待發，又只能硬生生忍著，黎楚後悔了，只恨自己沒在一開始先掌握主動權。

沈修額上冒出汗水，好幾次忍無可忍地想直接插進去把黎楚幹死在書桌上，最終還是怕傷到他，抬高黎楚的一條腿後，手指不斷深入穴道，慢慢摳挖。

黎楚被迫側臥過來，手肘撐著書桌，一低頭就能看見自己下身吐出的透明液體滴落在黑色桌面上，後面沈修的手指還在自己身體裡進進出出，瞬間被這畫面羞恥得眼眶都紅了，卻只能隱忍地喘息：「慢點……呼嗯……嗯……等、啊！嗯啊啊——」

黎楚猛地一顫，小腹上肌肉緊繃，呻吟著弓起身，猝不及防地射了。

沈修只覺得彷彿按壓到什麼地方，黎楚瞬間將後面絞得太緊，不但緊甚至濕熱地蠕動著，不禁又輕輕搔刮了一下。

黎楚在高潮中再次受到強烈的刺激，觸電般渾身一顫，緊接著又射出一道略顯稀薄的液體，劇烈地喘息起來，連呻吟都發不出了，半晌後帶著顫音地低叫了一聲：「別……碰那裡。」

沈修這才知道那地方太過敏感，直接將黎楚逼上了高潮，有些愧疚地吻了吻黎楚的耳垂，說道：「我知道了。」

但這個「知道」，絕對不是「聽話不碰了」的意思。

黎楚呼吸急促，在沈修猛烈的擴張下渾身都軟了，被迫啞聲道：「等會兒……讓我……歇會。」

沈修卻快忍到極限，不再給他喘息的時間，將自己的硬物抵到那不斷收縮的穴口，試著將頂端擠進去。

「我說……等會！」黎楚抓狂道，他太過緊張，不由自主地牢牢咬住了沈修，一邊用手肘支著桌面，奮力向後退縮。

太恐怖了！黎楚心驚膽顫，寒毛直豎地發覺，後面感覺到的那個東西，似乎比用視線衡量的……還要粗長得多。

「忍不了……」沈修咬牙將黎楚捉回來，掰開他的雙腿，按著他的腰慢慢頂進深處。

黎楚恐懼地喘息，只覺得他在硬生生劈開自己身體，終於忍無可忍地踹了沈修一腳，把他推到那張椅子上，決定自己來主導——這樣起碼不會那麼恐懼了……吧？

沈修硬了太久，暴躁得想直接上去強暴他，卻看見黎楚爬下書桌，赤裸地跨坐到自己身上。

黎楚跪坐上去，緊張得渾身泛紅，惱羞成怒道：「不准看。」

他兩手繞在後面握住沈修的硬物，對準了地方，咬牙吞進去一點。

沈修一低頭，就能將畫面一覽無遺，黎楚努力吞吐著自己的場景刺激得沈修漲得發疼，嗓音熾熱地說道：「快點！或者我動手幫你！」

「啊啊啊啊不行——太……太……嗚——」黎楚崩潰道，瞬間氣勢全無，驚惶地想逃走。

這次輪到沈修忍無可忍，掐著他的腰，狠狠地往下一壓。

「啊——啊啊啊——」這一下簡直要將黎楚徹底貫穿，他發出痛苦的呻吟，渾身緊繃地顫動，如垂死的天鵝般仰起頭。

沈修呼吸粗重，瞳孔幾乎被欲望染成暗藍色，片刻後自下而上地抽頂起來。

黎楚還沒能緩過神來，就被他強悍的動作插得不斷起伏，彷彿置身熔爐被反覆鍛打，幾次發出崩潰的呻吟聲，想要逃離這生死不能的境地，卻被沈修牢牢禁錮在懷裡，每一次不遺餘力的衝撞都像要狠狠釘進他的最深處。

椅子發出嘎吱嘎吱不堪重負的響聲。

黎楚起初還掙扎著想要起身，到後來被幹得渾身發軟，嗚咽著隨沈修的動作上下起伏，偶爾獲得一次喘息，接著卻又被沈修按回那粗長的刑具上，渾身的重量壓在最柔弱的地方，身體內部被狠狠地摩擦、撻伐的快感卻如海嘯一般席捲全身。

「慢……嗯啊……」黎楚不得不環著沈修的肩膀，想要減緩他衝擊的力度，幾乎帶著哭腔地示弱道，「我……要死了……啊……慢點……」

沈修滾燙的掌心順著他不斷上下的腰身往上撫摸，拇指按壓住黎楚發硬的乳頭轉了兩圈，胸中的柔情終於壓過了洶湧的欲望，緩了緩動作，與黎楚接了個吻。

他慢了一些，黎楚卻將自己體內的硬物感受得更為清晰，連沈修的每一次搏動都能清楚地感知，只覺得他完全地……深入了自己，占有了自己。

沈修用這個頻率插得黎楚得到了極大快感，他看著黎楚迷茫又可憐的眼神，忽然攬著黎楚的腰站起身。

「啊……啊啊！別……」黎楚仍被插著，猛地又被按回書桌上，那一下動作被頂到了敏感處，忍不住難堪地呻吟起來，「別一聲不吭就……」

「就什麼？」沈修惡劣地停了停，繼而調整角度，在黎楚身體裡攪動了一圈。

黎楚倒吸一口氣，蜷起腳趾，帶著顫音道：「不要弄那裡……不要不要不要不要！」

都到了任人魚肉的時候，還這麼氣焰囂張……

沈修眯起眼，用力分開黎楚的雙腿，慢條斯理地退出來，接著狠狠地頂進去，又慢慢地抽出，磨蹭黎楚無法抗拒的敏感處。

就這麼來回了幾次，黎楚果然崩潰地大聲呻吟：「啊啊……說了……不要！嗚……

嗯啊……快……」

他眼裡鋪上了薄薄一層霧氣，沈修簡直愛慘了他這柔弱的情狀，一邊繼續抽頂，一邊低頭去吻黎楚的眉梢眼角，低低道：「是不要？還是快點？」

黎楚雙手抵著桌面，仰頭像溺水一般喘息著，每當被不由分說地插進身體深處時就不受控制地微微顫抖，低聲叫道：「嗯……快要……不行了……」

前列腺被不斷磨蹭時他就硬了起來，筆挺的陽物在小腹上隨著沈修的動作時不時蹭動，透明的液體淌得到處都是。黎楚被頂得幾乎溺斃在情欲裡，前面始終得不到撫慰，又忍無可忍地自己伸手去摸。

沈修卻按住他的手腕，黎楚總是不得盡興，恨恨地把沈修背上撓出了道道紅痕。

沈修對他的反擊置之不理，就這麼將他按著，又深入淺出地抽頂片刻，黎楚終於求饒道：「快點結束……嗚啊……混蛋！我要射了……要……要射了……」

他快要被欺負哭了。

沈修喉頭乾澀，看著黎楚的表情，一邊覺得憐惜，想讓他舒服一些；一邊卻又控制不住地想變本加厲地欺負他，把他插到射，讓他更加崩潰地向自己哭叫求饒……

黎楚被沈修吻了吻，可憐兮兮地低聲道：「別這麼……欺負我，我……我喜歡你。」

沈修驚愕地停了一瞬，胸中升起的巨大情愫幾乎將他淹沒，他失控地親吻黎楚的面頰，失聲道：「你說什麼？再……說一遍。」

黎楚低聲喘息，不肯再說了。

沈修簡直被他瞬間秒殺，不受控制地狠狠抽頂了兩下，摸索到黎楚漲得發紅的硬物，溫柔地套弄了片刻。

「嗯……嗯……好……舒服……」黎楚腰身發顫，像條脫水的魚兒般在沈修懷裡掙動，最終被推上了情欲的頂峰，陽具微微一跳，濁液射在兩人腹部，弄得一塌糊塗。

黎楚被弄了太久，連著射了兩次，後穴始終咬著沈修，在他前面高潮時跟著絞纏不已。

沈修含住黎楚的雙唇，在他的嗚咽聲裡頂到最深處……黎楚微微一顫，感覺到體內被滾燙的溫度所占據。

「你這……惡劣的混蛋。」黎楚喘息著低聲道，隨手糊了沈修一巴掌，又累又委屈地撇過頭，昏睡過去。

8

「要死了……」

黎楚欲哭無淚，像骨頭都軟了一般趴在床上，軟綿綿渾身無力。

沈修尷尬地幫他翻過身，聽見黎楚啞聲慘叫：「慢慢慢點……腰！腰！我的腰在哪？」

沈修替他捏了捏腰腹，黎楚嘶了一聲，發現自己腰上一片青一片紫。

騎乘位才是真體力活……他想想都快哭了，自己先前怎麼會有那麼大的自信？

「你別上完就跑。」黎楚哼道，「過來躺著。」

沈修想了想，小心地攬著黎楚，躺到他身邊。

好不容易安穩地躺好，兩人對視了一眼，沈修道：「這是白塔，你是怎麼……找來這裡的？」

「我有一半靈魂落在你這裡了。想明白這件事以後，忽然就有感應了，就像契約者找共生者一樣，本能地跑過來了。」

過了一會兒，黎楚驚恐道：「我剛才說什麼了？你為什麼又硬了？」

沈修俊臉微微泛紅，替黎楚揉了揉腰，道：「不做了……這裡畢竟不是北庭。」

他們在書房裡開始，到一半時黎楚不爭氣地投降了，好在書房側邊有個小型休息室，於是就轉戰到了床上。

儘管如此，黎楚還是險些被折騰死。

「你剛才為什麼想不起這件事！」黎楚怒道，「懂不懂適可而止！我……哎——哎，那裡，好疼——」

沈修手上微微使勁，幫黎楚捏著使用過度的肌肉，說道：「沒想起來。」

黎楚長長地吐了口氣，抬眼就看見沈修脖頸上有兩道被自己抓出來的紅痕，很長很顯眼，差一點延伸到白王的下巴。

他臉上發燙，抬手摸了摸那痕跡，小小聲地說道：「這裡隔音效果還好吧？我也沒有……叫很大聲吧？」

沈修被他指尖撓得極癢，聽他說完這句話，不幸回憶起了什麼，許久後喉結微微一動，眼神暗了下去。

沈修翻身把黎楚壓住，看見黎楚瞬間露出「你是禽獸嗎」的斥責眼神，沈修慢吞吞道：「是你……太浪了。」

「我真的要死了！」黎楚憤怒地一巴掌拍在沈修胸膛上，「我才二十六歲！混蛋！」

「對不起。」沈修誠懇地道歉，但是不小心又動了一下。

「那就……趕緊出去！」黎楚滿臉紅暈，把沈修趕下床，「去弄點吃的來……」

白王被趕出休息室，只穿著長褲，裸著上身走回書房。

整個書房一片狼藉，書桌上所有東西都被掃落在地，烏黑的桌面上一道白濁超級醒目。

椅子倒在一邊，上面掛著黎楚皺成一團的上衣。

饒是白王陛下的臉皮強度，一想到白塔的清潔人員會過來清理這些痕跡，也有些尷尬。

他想了想，用能力開了一個小型黑洞，把東西全部吞了，毀屍滅跡。

沈修去弄吃的了，黎楚自己躺在床上。

過了一會兒，他鬼鬼祟祟看了看門口，覺得沈修短時間裡回不來了，就慢慢地翻身坐起——疼得齜牙咧嘴。

黎楚身上黏膩一片，苦於沒有地方清洗全身，只能隨便擦了擦，用床單裹著自己，呆呆地在床上坐了好半天，終於感覺後面沒有東西流出來了。

一種羞恥感使他面紅耳赤，咬牙切齒地惱恨沈修。

他打量這個房間的裝飾，只看見一片純白色。

沈修這兩天一直待在這裡？

黎楚沒事可做，胡思亂想道：沈修在這裡幹什麼？也沒和任何人聯繫，就等著伴生關係結束，然後呢？

才兩天，白王就快要精神衰弱了，一個人關在書房裡坐著，不知道在想些什麼。他的情緒通過伴生關係傳遞到黎楚身上，黎楚每時每刻都差點以為自己要崩潰地哭起來，但仍被深深壓抑著，沒有爆發。

黎楚有些低落地想：早知道我跟王雨婷……會讓沈修這麼難過，我就不去試了。我是不是真的做錯事了？等會兒要不要向沈修道個歉……不然我去報個情商補習班算了……

正想到情商補習班的事情，沈修敲了敲門，端了碗雞肉粥走進來，香味勾得黎楚眼睛都亮了。

折騰了老半天，黎楚這才感覺餓得要命。

沈修把雞肉粥放在床頭櫃上，捉著黎楚伸過來的手道：「太燙了，還要等一會兒。」

黎楚裹著床單，直勾勾看著雞肉粥，像隻等待餵食的大貓。沈修看著看著，忍不住替他順了順頭髮。

這動作原本沒什麼，但黎楚條件反射地抖了一下，警惕地看著沈修。

沈修咳了一聲，重申道：「我不會繼續做了，你好好休息。」

黎楚拉緊床單道：「哦。」

靜了一會兒，沈修攪了攪雞肉粥，坐在黎楚床邊。

黎楚看著他溫柔的眉眼，一瞬間有種錯覺，彷彿他現在七老八十了，沈修仍守在他床邊。白王總是默默守候，黎楚不需要任何言語就知道，沈修就是會這樣幾十年如一日地愛著，他生來做不到停下自己的習慣。

黎楚想：和他接個吻，他就從冷酷無情的白王變回了溫柔的沈修……這個人，真是愛慘我了，哼。

沈修放下粥正想開口，忽然感覺身後黎楚動了動，伸手抱住自己的腰。

——又在玩什麼？

沈修無奈道：「可以了，你不是很餓？」

黎楚從後面抱住沈修，把臉貼在沈修側腰上，胡亂地蹭了兩下。

這種蹭法簡直犯規，完全是一隻大貓在倨傲地宣布自己占領了根據地，沈修心都要融化了，回過頭看了看黎楚：「怎麼了？還難受？」

黎楚仍把臉埋著，含糊地說道：「安妮告訴我說，愛就是分開久了會想念，想念久了就憂鬱，憂鬱久了還會絕望……她說的『久』就是指兩天嗎？」

沈修知道這兩天他不好過，想了良久，嘆了口氣道：「對不起，我之前……想得太偏激了。我以為你不會再回來，就有點……沮喪。對不起，你之前覺得很難過嗎？」

黎楚嗯了一聲道：「很難過，我也以為……你不會再回來了。」

沈修轉過身，掰開黎楚擋著臉的手臂，小心地吻了吻他。

黎楚臉上泛紅，眼睛微微濕潤，這兩天受到的每一道傷口都在細細密密的吻裡被寸寸撫平，溫暖得令人難以抗拒。

他不肯讓沈修看見自己狼狽的表情，左閃右躲地被親了一會兒，惱羞成怒道：「轉過去！我在跟你說話！」

「我想看著你。」沈修道。

「看你個頭啊……」黎楚使勁推他，費盡九牛二虎之力翻了個身，把沈修壓在下面。

黎楚雖瘦，也接近一米八，躺在沈修身上將他壓得呼吸沉重，但沈修順從地躺在下面，伸手環著黎楚的腰，由著他隨便玩。

兩人疊在一塊兒，黎楚終於得償所願，把臉埋在沈修脖頸上，不讓他看見。

黎楚清了清嗓子，說道：「你說說……這兩天都待在這裡幹嘛？」

沈修沉默了一會兒，黎楚貼近他的胸膛，感覺到他的呼吸和心跳，還有他終於說話時胸腔裡低沉的迴響。

「我在想……很多事。」

他說了這麼一句，好像又沉吟著猶豫該不該說。

黎楚用牙磨了磨沈修的頸部動脈，哼哼道：「人都給你上了，這點話還藏著？」

有時候他遲鈍得讓人牙根癢癢，有時候他卻又直白豪邁得令白王自嘆弗如。

沈修臉上微微泛紅，抬手撫了撫黎楚光裸的脊背。黎楚哼了兩聲表示抗議，但不久後發現沈修滾燙的手心摸得自己很舒服，也就不吭聲了。

「你……不要生氣。」沈修小心地道，「我那時在想……把你關在總部裡。」

黎楚道：「這個你說過了。」

沈修不自在地咳了一聲，聲音有些尷尬：「不是你想的那樣，是把你……綁在床上，調教成……只認得我一個人……那樣。」

黎楚難以置信，又寒毛倒豎，猛地抬起頭看著沈修。

與沈修銀藍色的雙眼對視了好一會兒，他感覺事情有點不妙。

黎楚慌忙從沈修身上跨下來道：「你先……冷靜一下。」

沈修抱著他的腰，把人拖回來，按在自己懷裡，沉沉地嘆了口氣。

「別這樣怕我。」他低低地說道，「我不想傷害你，而且我根本做不到那種事……只要一想到你可能會恨我，恨到只認得我一個人，變得不像現在這樣鮮活——」

黎楚使勁掙扎，順手輕輕糊了沈修一巴掌：「鮮活你個頭！你居然想非法剝奪我的個人自由，然後這樣這樣那樣那樣……你簡直是個禽獸！」

「唔，就是像這樣——」沈修老實交代道，「一想到那樣做了，你就不會像這樣隨便罵我，又打我這麼痛，我就有點心痛。」

黎楚：「……」

你腦子壞掉了嗎！我跟女孩子出去玩了兩天，你居然要做到這——種——地步！

他快要抓狂了。

「是你讓我說的。」沈修抱著他，很無辜又很嚴肅地說，「我頭一天確實是這麼想的，為了不出去真的傷害到你，就把自己關在這裡。不過後來感情慢慢剝離出去，就看得淡了。我就想，愛和恨，都很沒有意思……我為什麼會這麼累？」

黎楚渾身無力，被他禁錮在懷裡實在無力掙扎，攀著沈修的手臂，怒道：「你不知道你很絕望嗎?絕望到老子差點都哭了！」

「你差點哭了嗎？」沈修嘆了口氣，又一次說道，「對不起，讓你難過了。」

黎楚安靜地被他抱了一會兒，忽然心中一動，有點酸澀地想：沈修……難道真的……哭……過?

9

黎楚一大早找到沈修，自投羅網，被沈修按著做了一整天，腰都快折斷了，從書房側臥被抱進正經房間，好不容易洗了個熱水澡，滿足地哼哼了兩聲……結果毫不意外在浴室裡差點被操哭。

睡了一天，第二天跟沈修同時在床上醒過來，還沒來得及說一句話，又險些被壓倒在床上。

剛開葷的白王在戰鬥等級上遙遙領先，又兼天賦異稟無師自通，很快把黎楚收拾得落花流水。

問題是……再強的受也不能這麼折騰。

黎楚到後面抓狂地直想把沈修一腳踹到美國去，只感覺自己身上每一寸肉都快要被揉下來拆吃入腹，連著把沈修身上抓出道道紅痕，弄得他彷彿被隻山貓襲擊了似的。

他越是野性難馴，沈修反而越是興奮，幾次打算放過他了，卻被黎楚勾起火來，打著懲罰的名義，不懷好意地折騰黎楚。

第二天也這麼廝混過去，黎楚眼睛下面都青了，可憐兮兮地趴著喘息：「你是種馬嗎？」

沈修被踹到床底下，無言地低著頭進行深思，道：「你為什麼總是……反抗我？」

黎楚憤怒道：「你為什麼總是想把我幹死在床上！」

「我當然不會這麼做，但你太……」沈修的話停下了，不知道該怎麼形容黎楚這種……極其勾引人的反抗行為。

兩人對視了一會兒，黎楚把頭埋回枕頭裡，發出一聲含糊的、可憐的悲鳴。

他深刻地意識到一件事，以前像這樣隨便欺負沈修沒什麼問題，因為沈修沒辦法對付他，最後只能心軟地妥協；但是現在不行了，因為沈修學會了用這種……隱晦難言的過分方式來懲罰他。

黎楚簡直懷疑自己會一個月下不了這張床，沉思了好半晌，最後心不甘情不願地想：我只能先……乖一點……了。

他表現「我很乖」的具體方式，就是默默挪開位置，給沈修一點睡在床上的空間。

黎楚背對著沈修睡成一團，沈修果然心軟地攬著他，沉沉地嘆了口氣道：「不能這麼下去了，我們明天還是回北庭花園吧。」

黎楚轉了過來，兩手縮在沈修胸前，慢吞吞道：「你還沒有說過，這個『白塔』到底是什麼地方？」

他的乖順立刻被沈修察覺到了，吃軟不吃硬的白王心裡又酥又軟，好半晌後才想起來回話：「白塔是千年前就成立的機構，最早是作為四王之間的制衡機構而存在，後來慢慢演變出更多職能。現在的白塔除了輔佐、監督王者以外，也有權發起四王合議，同時也有幫助新任的王開發能力、尋找繼位者的責任。」

沈修想了想，又補充道：「白林教授也是白塔培養的人才之一，他早年學成後，被白塔推薦去跟隨博伊德博士。」

黎楚喔了一聲，小小地打了個哈欠。

沈修發現他對白塔沒有太大興趣，替他拉了拉被子，將他按在自己懷裡半抱著：「睡吧，明天啟程回去SgrA。」

如果是一天前炸毛時候的黎楚，這會兒大概已經亮出爪子了，不過這會兒黎楚忍著渾身發麻的怪異感覺——溫情和柔順每次都會讓他全身不對勁。

試著習慣了沈修的體溫，他有點羞窘地小小聲說道：「晚安。」

黎楚太疲倦了，不一會兒在沈修懷中沉睡，喉間發出細微的咕嚕聲。

沈修小心地摸了摸他的頭髮，手臂上肌肉微微繃緊，好半天才壓抑住自己狠狠把他搓揉一頓的衝動。

怎麼能……這麼乖！黎楚怎麼可能這麼……惹人憐愛！

沈修在黑暗中睜著眼，回味了一下黎楚一句短短的「晚安」。

白王血槽瞬間清空。

除了SgrA之外，白塔或許稱得上是對白王瞭解最多的組織。

沈修雖不如赤王文森特一樣不可理喻，但在外人看來也是十足冷漠、難以接近的王——假如一位王不熱衷掌控權勢，那麼他在世人眼中的形象總是如此。

幾天前，沈修忽然來到白塔，拒絕任何人打擾，白塔許多顧問表示對他的精神狀況有些擔心。

但是緊接著，黎楚憑空找來了，又一腳踩進白王的領地。

顧問們眼睜睜看著兩人在房間裡窩了四十來個小時，沈修間或會要求一些易消化的食物。休息室內早有準備衣物，他出門時全副武裝，卻仍蓋不住脖頸上的抓痕。

清潔人員們幾天沒能進去打掃房間，偶爾路過門口時候還得趕緊小跑著離開——能從隔音效果良好的房間裡溢出來的聲音，簡直讓人臉紅腳軟，浮想聯翩。

好在白王積威甚重，白塔又有極其嚴苛的規矩，所以私下也沒有什麼八卦流傳。

黎楚終於從裡面手腳發軟地走出來的時候，欲蓋彌彰地戴著帽子口罩，最後發現只有寥寥幾人膽敢偷偷瞄過來。他終於鬆了口氣，不用擔心自己一世英明毀於一旦了。

臨走時，白塔輔佐沈修的理事團齊齊站在兩側，其中那名認得羅蘭的顧問站在最前方，躬身行禮，繼而上前一步，在沈修耳邊低語。

黎楚隨便聽了聽，那顧問說的是：「陛下，降臨日重新修正，大約在兩個月後。」

沈修腳步一頓，點了點頭。

闊別幾日，兩人終於雙雙回了北庭花園。

按照沈修的吩咐，成員們依舊各司其職，並不召回，就當這次白王只是隨意出門了幾天。

薩拉在門外迎接，看見沈修別來無恙，甚至精神煥發地從車內看過來。

薩拉扒著車門，感動地哽咽道：「頭兒！您終於……把黎楚搞定啦！」

黎楚頭上瞬間冒出兩根青筋。

沈修一看就知道黎楚又要炸毛，連忙道：「薩拉，妳去通知開會。」

薩拉領命，一步三回頭地看了看他們，小碎步跑了。

沈修輕咳了一聲，下車替黎楚開門。

黎楚不滿地哼了兩聲，先把黑色的傘丟出來——沈修接過傘後撐開，黎楚這才邁步出來。

結果他腿一軟，險些栽倒在地，沈修眼疾手快伸手攬住了他的腰。

黎楚黑著臉攀住沈修，手又發癢，很想送沈修這個罪魁禍首一巴掌，但是想來想去，還是不敢，只得心不甘情不願，彆扭地拉著沈修的手。

沈修索性將傘丟了，把黎楚抱起來，大步向Z座走去。

黎楚象徵性地掙扎了兩下，一會兒後意識到了什麼，見沈修蒼白的皮膚在陽光直射下，不過片刻時間已經微微泛紅，小聲道：「有傘幹嘛不用，你是白痴嗎？」

沈修一言不發，半闔著眼，顯然是陽光對他來說太過刺目。

黎楚兩手搭著他的肩膀，猶豫了一下，將手掌展平遮擋在沈修眼睛上方。

在這片窄小的陰影當中，沈修縮小的瞳仁逐漸恢復正常，他低頭看了看黎楚，嘴角勾起一抹笑意。

他抱著黎楚站在Z座門口卻不進去了，就站在陰影前的陽光裡，肆無忌憚地低頭去吻懷裡的黎楚。

黎楚毫無防備，被抱在懷裡一頓索取，手上卻顧及著仍給沈修的雙眼擋著陽光，只能用牙齒表示不滿，連著咬了他好幾口。

大約是因為冬日的陽光太過溫暖，這個吻亦暖得黎楚骨子裡有些發癢，懶洋洋地在白王穩定的懷抱裡享受了一會兒，忽然就不咬了，主動地努力吻回去，補償般地在他咬出的牙印上小心地舔了舔。

「白痴白痴白痴白痴……」黎楚嘴上仍哼哼道。

沈修抱著他走進Z座裡，胸膛因為悶笑而振動著。

於是果不其然，又被黎楚順手拍了一下。

沈修離開了不少時間，雖然想趁著黎楚難得溫順的時候多陪他一會兒，最後還是得去開會，臨走時倒沒忘記吩咐管家給黎楚準備一堆番茄醬。

白塔中沒有黎楚專用番茄醬儲備基金，這簡直是太虐了。

等管家帶來了兩大箱之後，離開心愛之物好幾天的黎楚瞬間滾到大床上，抱著滿懷的番茄醬，幸福得簡直要喵喵直叫。

他來回打滾，軟綿綿地伸了個懶腰，發出一聲喟嘆。

黎楚姿勢不變，右手在床頭櫃到處亂摸，沒摸到空調遙控器，就用能力打開暖氣到三十度，然後脫得剩一條短褲鑽進被窩，打開電腦，把那些被自己刪除的遊戲又載了回來，開始了慘絕人寰的網路大屠殺。

就這麼一下午而已，生活好像又回到了沒心沒肺到處搗亂的日子，不能更愜意。

黎楚打著遊戲，隨便殺殺人，在床上一摸就能找到番茄醬吃，再想想沈修被自己找回來了——

嗯，其實每天晚上招白王侍寢也是挺不錯的嘛……

黎楚好了傷疤忘了痛，陷入了一種「老子武能上馬虐嘍囉，文能賣萌馴白王」的自豪感當中，賊兮兮地想：這禽獸吃軟不吃硬，等我賣會兒萌，好好地調教他，讓什麼時候上就什麼時候上，讓什麼時候停就什麼時候停……改了他老愛折騰我的破習慣，其實被他做起來也挺爽的……

10

黎楚美滋滋地想了一下午，晚飯時候趾高氣昂地走下樓。

沈修看見他尾巴翹起的慵懶樣就知道他心情不錯，逮著他在餐桌上親了又親，看得管家巴里特默默後退了好幾步。

整頓飯黎楚若有所思，還偷偷瞟著沈修。

沈修完全不用多看，用視線餘光就知道他又要冒壞水了。

晚上，沈修發現臥室房門被黎楚鎖死了。

他們都睡過幾次了，黎楚還是會幹這種毫無意義的事。沈修無奈地從旁邊的裝飾盆栽裡摸出第十七把備用鑰匙，打開門。

他發現黎楚正在洗澡，浴室門關著，裡面傳來陣陣水聲。

沈修於是知道為什麼黎楚會鎖門了。

實在是因為某一次慘不忍睹的經驗教訓，讓他對於浴室有了不可明說的恐懼感。

不過呢，對黎楚來說的慘痛經歷，對沈修來說毫無疑問是一場盛宴。光是回憶黎楚被迫跪趴在光滑的地磚上，抬起臀部後背脊微微下凹的弧度，還有渾身濕漉漉連眼睛也濡濕了的可憐情狀……

糟糕。

沈修在浴室門口轉了兩圈，深呼吸片刻，好不容易壓抑住破門進去的衝動。

浴室的水聲忽然停了，黎楚在裡面光著腳噠噠噠亂走，把門上鎖給開了，卻又不出來，重新走了回去。

沈修深沉地想：這是邀請嗎？

他暴躁地原地轉圈，又深沉地思考道：這是邀請吧？不管了……

白王陛下英明神武當機立斷，推開門走了進去。

實際上黎楚是開了鎖正想出來，發現蓮蓬頭仍在滴水，便回去關了。

結果等他轉過頭，就看見沈修默默站在門口。

那一瞬間，沈修的眼神就像黎楚看見了番茄醬，黎楚警惕地後退了一步。

沈修慢慢走過去，語氣隨和地說道：「只是八點了，來履行約定而已……我不會做什麼的。」

黎楚將信將疑，走過去試探地親了親沈修。

沈修捉著他的腰，把他抱起放在洗手臺上，深入地吻了回去。

黎楚只覺得這個吻格外用力，被沈修吻得微微眩暈，等回過味來才發現沈修根本是故意的，用溫水煮青蛙的方式先是抱著親吻，接著開始揉，然後就暗渡陳倉地把手伸進了浴袍底下……

「混蛋！」黎楚瞬間炸毛，下意識地踹了沈修一腳。

沈修反應迅速，直接握住了黎楚送過來的腳踝，將他的腿不懷好意地抬高，架在自己肩上。

黎楚重心不穩地向後靠在鏡子上，感覺到沈修下身直接貼了過來，頓時頭皮發麻，意識到自己的策略性失誤。

他又撓了沈修……然後沈修又有藉口「懲罰」他了。

光看沈修的眼神黎楚就知道大事不妙，立刻縮了縮脖子，小聲道：「我我不是故意的……是你說不做什麼的！」

「嗯？」沈修慢慢摸到了黎楚大腿根部，聲音低沉地說，「抱歉我食言了。」

那一刻黎楚只想大喊：你不要臉！

但強烈的危機感使他本能地選擇了對付沈修的最佳方式——賣萌裝可憐。

黎楚抓著沈修手腕，緊張地吞了吞口水，說道：「今晚就……不做了吧？」

沈修動作一滯，抬起眼看見黎楚泛紅的臉。

黎楚立刻知道自己用對了方法，馬上縮成一團，可憐巴巴地眨了眨眼睛，委屈道：「你昨天……太厲害了，我到現在還腰疼，後面……都腫了，就讓我歇一天好嗎，沈……沈修。」

沈修：「……」

黎楚雖然只說了一句話，但是總結一下：

黎楚的示弱，攻擊力 *10。

對「男人」的誇獎，攻擊力 *100。

喊著名字撒嬌，攻擊力 *1000。

再加上黎楚對沈修，初始攻擊力為 10000 點。

白王，卒。

幾分鐘後。

黎楚鬆了口氣，躺回床上，鑽進被窩裡。既然沈修沒在浴室裡繼續，那今天自己的老腰算是保住了。

沈修坐在另一邊，呼吸仍有些沉，片刻後無奈地關了燈，躺下來扯了扯被子——被子上鼓起了小小一塊。

他無奈地側躺，順便攬住了黎楚的肩，將他按到自己懷裡。

黎楚不敢反抗得太過分，磨磨蹭蹭地靠著他，與他面對面，呼吸交織在一處。

不知怎地，黎楚就被沈修灼熱的呼吸感染，漸漸也覺得身體有點燥熱，許久後壓著極低的聲音說：「你還……那什麼嗎？」

他聲音雖小，可是室內太安靜，他們離得又太近了，在沈修耳裡簡直是明目張膽的挑逗。

沈修當即暴躁地在黎楚腿上蹭了蹭，讓他直接地感受到自己忍得有多辛苦。

黎楚停了一會兒，忽然膽大包天地伸手下去，輕飄飄摸了一下，小聲道：「其實……還有一個辦法。」

沈修捉住他作亂的手，壓抑地說道：「別鬧了，還想睡的話就給我乖乖躺著。」

他這麼一說，黎楚的逆反因子又開始蠢蠢欲動，窸窸窣窣地動了一會兒，在沈修耳邊說道：「你不是忍得難受嗎？其實可以……我來做啊。」

沈修懷疑自己聽錯了。

「為什麼不試試？總不能每次都是我受傷啊。大家都一樣，憑什麼一定是你在上面？」

沈修終於明白晚飯時黎楚賊兮兮在思考什麼了。

——你簡直……吃了熊心豹子膽。

他在黑暗中瞇起眼。

黎楚正想到興奮處，毫無覺察，繼續誘惑道：「試試嘛沈修，其實在下面也挺爽的，我保證會對你很溫柔，讓你很舒服……」

沈修忍無可忍，翻身將黎楚牢牢壓住，咬牙切齒道：「你既然不想睡就不用睡了！」

黎楚瞬間人仰馬翻，被他的氣息籠罩，終於反應過來，瑟瑟發抖道：「等、等等……我我我只是——」

沈修嘴角帶起一抹殘酷的笑容，慢條斯理地說道：「我會對你很溫柔，讓你很舒服的。」

姓名：黎楚。
年齡：二十六歲。
診斷結果：腎虧。
薩拉提筆在黎楚的病歷本上寫道。
安妮看了看，在後面補充：
死因（劃掉）病因：挑逗大型食肉猛獸。
黎楚趴在沙發上，奄奄一息道：「我來找妳們，是要妳們幫我想一個救命方法……不是……來讓妳們冷嘲熱諷的。」
薩拉合上病歷本，委婉地說道：「也許你這個病……需要和頭兒好好談談。」
安妮抽著菸，毫不客氣地說：「你自己不找死的話，以陛下的克制力，怎麼可能把你折騰成這副模樣？人找死就會死，懂不懂？」
黎楚無力地軟倒，不得不承認道：「我就是……忍不住想惹他。」
安妮事不關己地吐槽道：「你首先得戒了你的找死綜合症！」
黎楚鬱悶道：「我一看見他那精神煥發走路帶風的樣子就想揍他！太過分了，把我折騰了一頓以後憑什麼他還能活蹦亂跳？」
站在一邊的薩拉一臉贊同。
黎楚看著她的表情道：「幹嘛，妳也覺得很不公平嗎？」
薩拉害羞道：「不是，只是覺得你描述頭兒描述得好貼切啊……」

安妮噗地笑了：「可不是嘛！聽說陛下今天吃了兩包番茄醬呢。」

黎楚：「……」

薩拉躲到安妮後面，小心地瞄著石化的黎楚。

片刻後，黎楚果然要狂暴了：「不行！為什麼我就每天被壓在下面！我要革命！推翻殘暴昏庸○蟲上腦的統治者的時刻已經到了！」

「什麼到了？」

沈修端著牢牢蓋住的盤子，從門外走進來，隨口問道。

安妮若有所思地看著瞬間縮小的黎楚，笑著熄了菸，恭敬道：「陛下。」

白王一來，黎楚便無聲無息，轉瞬從雄心萬丈的偉人形象縮回了正常大小，又繼續縮成了乖順的小可憐。

「你……你怎麼來了？」

「巴里特說你要的榴槤到了，我順便就帶來了。」沈修隨手把東西放在桌上，看見黎楚軟綿綿無力地倒在沙發上，半點攻擊力都沒有的樣子，忍不住俯身湊過去，輕輕吻了吻他。

黎楚自覺做了壞事，心虛地躺著給他吻，好半天以後終於忍不住右手糊在沈修臉上把他推開：「夠了沒……」

這兩人簡直達到了旁若無人光芒萬丈的境界。

薩拉眼睜睜看著白王陛下寵溺無比地抱著自家一心想著推翻他政權的愛人，隨便他在自己身上到處撓——她連瞠目結舌驚恐尖叫都無力了。

薩拉和安妮完全被當成背景，吹了好一會兒冷風，終於從僵硬狀態恢復過來。

安妮扯著薩拉的袖子，貼著牆角，一溜煙跑了出去。

輕手輕腳地帶上門時，只聽見裡面沈修道：「真的不想去，嗯？或者去北邊看冰也可以——你不是總抱怨我不還就你的行程嗎？」

從門縫聽見沈修溫柔低沉地哄著黎楚的聲音，薩拉都覺得快被烤化了，急忙關上門，捂著發燙的臉頰，小聲道：「天啊，陛下要請婚假，去度蜜月了……」

安妮把薩拉從門前拉走，挑眉笑道：「陛下這次回來都年輕了十歲，真像個毛頭小子一般談起戀愛來了。」

「我怎麼覺得他是又長了幾歲？」薩拉臉紅道，「天啊，頭兒現在說話太……嗚嗚。」

11

白王陛下的婚假申請被無情地駁回了。

「草原有什麼好去的？」黎楚面無表情道，「沒有網路！沒有電子設備！沒有遊戲！」

「那我們可以去富士山，去馬爾地夫……巴里島如何？」沈修循循善誘。

黎楚堅決否定：「為什麼一定要去荒無人煙的地方？現在是二十一世紀，那些落後到沒有豐富網路生活的地區究竟意義何在？」

……於是這些度假聖地就被定義為了落後地區。

沈修無奈道：「那麼你究竟想去什麼地方？」

黎楚想了想道：「拉斯維加斯 Blackhat 大會！We are the Anonymous!」

——什麼什麼和什麼？

沈修退敗。

黎楚雙手打開，中二無比地道：「網路，才是我的國度！你不懂冰冷數字流淌在破敗儀器中的美感！叫我國王陛下！」

沈修抱起黎楚，哭笑不得地親了親他道，「是，陛下，你的提議我會考慮的。」

這天下午，黎楚站在小花壇前，看見乾燥的泥土裡發出了兩株幼苗。

「我來煩你了，亞當。」黎楚笑了笑道，「沒什麼事，就告訴你，我現在和沈修在一塊。」

兩株小草搖搖擺擺。

一陣風吹了過來，一株撲倒了另一株。

黎楚想了想，坐了下來。

「我本來沒想過……會變成，呃，會跟誰在一起。雖然我知道沈修喜歡我很久了……現在回想一下，其實我也沒那麼遲鈍啦！我只是不知道我也很喜歡他。」

黎楚眼神左右亂瞥，窘迫地撓了撓鼻子：「你知道人類差不多都一樣賤，非要等到失去了才會知道一樣東西有多重要，我就是……咳，對比了一下有沈修和沒沈修的日子，忽然覺得兩個人過日子比一個人好得多了。」

微風徐徐，冬日裡的陽光總是很舒服。

黎楚抬起頭瞇著眼，嘴角帶著一絲笑意。

「你知道嗎，亞當，我吸收了紅皇后米蘭達的精神內核。」他低聲道，「我終於明白了契約共生的祕密。原來契約者不是什麼高高在上的新人類，只是有一半感知情緒的靈魂被丟在了共生者身體裡，就像寄生在共生者身上一樣。如果共生者死了，那另一半靈魂就會泯滅；如果契約者死了，共生者只是丟掉了負擔而已。那些什麼伴生的通道，其實就是契約者的精神內核在連接自己分成兩半的靈魂……

「契約者如果受了傷，感知情緒的那半邊靈魂就覺得痛苦，這痛苦卻是作用在共生者身上；而共生者如果受了傷，他體內契約者的半魂就以為自己也受了傷，傷口就被映射在契約者身上……亞當，你知道那個實驗吧？如果人以為自己受傷，那麼無論事實如何，他的身體會有如同受傷一般的反應，甚至……自發地死亡。」

黎楚長嘆了一聲，低低道：「如果我早點明白這些原理，可能一切都不會發生了。我也不會非要和沈修訂什麼約定，直接用能力切斷伴生通道就好……我現在仍然可以這樣做，不過……已經無所謂了。」

他站起身，隨便拍了拍身上的塵沙，懶洋洋道：「我不想那麼做了。我和沈修之間，天生就有這條聯繫，可能是宿命使然。我會跟他糾纏在一起，過上個幾十年日子，再糾纏在一起，埋進地心裡面。」

黎楚用食指彈了一下花壇裡的小小草，看著它顫抖著像在揮手。

「就這樣吧，別羨慕我。」他笑著揮了揮手。

黎楚隨便打開手機看了一眼，發現晏明央傳了不少消息。

自從上次聊著聊著黎楚忽然消失，晏明央戰戰兢兢地以為自己說錯話，呆萌呆萌地接連道歉，邀請他出去吃飯。

對晏明央這個人，黎楚的前任共生者，他的觀感特別複雜。一方面他覺得他們之間已經沒有關係了，另一方面他又覺得自己以前虧欠了晏明央。

結果晏明央知道他就是「大河二何」以後，對他崇拜得死去活來，讓黎楚心情很微妙。

他想了想，反正沈修不在，也沒說不准他出去玩，這會兒閒著無聊，就答應了。出門時，黎楚想到沈修的吩咐，不情不願地走去戰鬥組，隨便拐了個保鏢出來，然後讓他開車，直奔著外面去了。

結果到約定地點一看，王雨婷也在，依然豪爽地朝他揮手。

黎楚下意識後退了一步。

王雨婷笑嘻嘻道：「嗨帥哥！這兩天過得如何啊？」

彷彿被黎楚拒絕以後蹲在街邊哭了半天的不是她一樣，王雨婷落落大方，招呼著旁邊晏明央，一手過來挽著黎楚。

一想像被沈修知道他又出來見王雨婷後，自己會有怎樣的淒慘下場……黎楚匆忙躲開了，道：「呃，妳好。」

王雨婷眨眨眼，拍了黎楚一下道：「抱歉啦！那天我太激動了，天涯何處無芳草嘛，三條腿的男人滿地爬呀！」

黎楚揉了揉手臂，感覺十分微妙，偷偷湊過去問晏明央道：「這個真的是王雨婷？還是她雙胞胎妹妹什麼的？」

晏明央尷尬地小聲道：「是婷姐沒錯啦。她人很好，對感情也很投入，只是投入的時間不那麼長……對不起，今天是她想跟你和好，繼續做朋友，就逼著我發訊息給你了。」

他雙手合十，哭喪著臉道：「對不起對不起對不起，我不是故意的。我請你吃牛排……」

黎楚摸了摸鼻子，道：「所以她移情別戀了？」

晏明央羞愧地點了點頭。

黎楚：「……」

明明應該鬆了口氣，但為什麼有種被狠狠坑了的酸爽感？

幾分鐘後他們走到目的地。

原本黎楚和晏明央約了一家餐廳，不過前往時發現那家店所在的街區莫名被封鎖了。

一名黑衣特警背對人群，兩腿分開雙手背在身後，沉默地站在路中央。他至少一米九，氣質沉穩，帶著軍人的肅穆。

三人向裡面望了望，看不出發生了什麼事故。

晏明央道：「咦，不好意思，這裡好像封鎖了不能進去……不然我們去別的地方吧？」

黎楚無所謂，矜持地點了點頭。

兩人回頭，發現王雨婷姑娘痴痴看著那名黑衣特警，喃喃道：「好……好有型……」

晏明央滿頭黑線，小心地拉了拉王雨婷，說道：「婷姐，妳別又犯老毛病啦，想想妳剛喜歡上的小鮮肉……」

王雨婷愣了一下，戀戀不捨地向黑衣特警揮揮手，遺憾道：「對不起啦帥哥，我心有所屬，而且愛得深沉，願意為他做任何事……」

黎楚：「……」

這糟糕的臺詞為什麼這麼耳熟？

片刻後三人走在路上。

黎楚心情詭異，晏明央羞愧無比。

王雨婷豪邁道：「走，今天我請客，帶你們去吃迴轉壽司！我跟你們說，上次好不容易參與了高級會議，結果中午他們給的餐盒居然連豬都不吃，好在我聰明伶俐，出門左轉就是一家美味到了極點的迴！轉！壽！司！」

黎楚心裡吐槽：你們會議室裡有豬嗎，妳怎麼知道豬都不吃？迴轉壽司是什麼鬼，聽起來就不怎麼——

剛想到此處，王雨婷就道：「那裡的鮭魚握壽司簡直道地到家了！還有鰻魚壽司、七寶細卷、鉗肉、什錦壽司、北極貝、小章魚，金槍魚沙拉壽司……」

黎楚：聽起來就好好吃！

王雨婷走了一路講了一路，說起美食來完全不帶含糊，黎楚聽得眼睛發直，跟王雨婷齊齊擦著口水，三步併兩步走到店門口。

裡面正好沒位置了，需要等個幾分鐘。

王雨婷閒著無聊，左看右看，隨手一指道：「看，對面走到底，過兩道門，就是我說的那個會議室。我跟你說，別看我吊兒郎當，好歹也算幹部級別，哼哼哼哼，那會議室你們別說進去，八成聽都沒聽過。知道裡面有誰嗎？」

兩人搖頭。

王雨婷道：「特組的組長，見過沒？駐區的主教，見過沒？還有，那天連……呃不能說的很厲害的人都來了！哈哈哈哈我坐在倒數第二排，偷偷瞄到一眼，哇塞那身材……哎，對，就和那邊走出來的人一樣，又高又帶氣場——」

順著王雨婷指的方向看過去，見高門一開，走出來兩排人，中間眾星拱月一般走出一個身穿黑色長風衣的人。

遠遠看去，那人身形頎長穩健，黑手套握著把傘，傘沿下只看見蒼白的皮膚，半邊不苟言笑的唇，其餘都被黑衣遮掩住。饒是一個剪影輪廓，也能看出凜冽非凡的氣場。

王雨婷和黎楚頓時僵住了。

晏明央來回看了看，不解道：「你們怎麼了？」

王雨婷抽了口氣，喃喃道：「不會這麼巧吧？怎麼看起來真的好像……陛下……」

黎楚跟著抽了口氣，驚恐道：「真的……是！我們快……逃……吧……」

12

黎楚、晏明央、王雨婷站在迴轉壽司店門口。

三人看向盡頭處穿著黑衣的白王陛下。

沈修遠遠地看過來一眼，傘沿微微抬起，似乎注意到了這邊的情況。

契約者・王雨婷扒著晏明央的手臂道：「要、要命，小央抓著我，婷姐我……腳有點軟。陛、陛下難道……要路過咱們了……」

普通人・晏明央滿頭問號，問道：「陛……什麼？」

黎楚：「……」

王雨婷低聲尖叫道：「為什麼真的向著咱們走過來啊啊啊啊——」

黎楚對老天臨時抱佛腳的祈禱沒有起到什麼作用——沈修乾脆俐落地調轉方向，把後面一干眾星拱月的人甩在後面，淡然地走了過來。

他走得很從容，走到近處時眾人卻齊齊有一種壓迫感。

這天的天氣很好，陽光充足，沈修難得穿了一身全黑的外套，極有質感的純黑色衣領翻起，對比之下更顯得他的膚色蒼白得非同尋常。

沈修在近處停下，冰藍色的雙眼淡淡地掃視三人。

王雨婷被他看得真是快要軟了，戰戰兢兢地行了一個常規禮節，抖著聲音道：「陛下。」

她左看右看，只覺得左右兩個男人都愣在那裡發呆，連忙一手一個扯著衣袖低聲道：「問好！問好！」

晏明央覺得沈修頗為眼熟，但這樣的氣質令人過目難忘，自己如果真的見過，不應該毫無印象。他不明就裡，被隱性的氣場壓迫得十分拘束，好半晌後尷尬道：「呃，您好？」

靜了一會兒，黎楚最後一個，慢吞吞道：「哈囉？」

王雨婷：「……」

沈修向黎楚走了一步，手上的傘微微傾過來了一些，替黎楚擋住陽光。

在王雨婷五雷轟頂般的眼神當中，沈修摘下左手的黑手套，替黎楚撥開亂飄的瀏海，語調無奈道：「又自己跑出來玩，嗯？」

黎楚兩手插在口袋裡，眼神飄忽，像被當場抓到蹺課的學生一樣，心虛地道：「待著無聊，隨便出來玩。」

沈修臉上沒有太多表情，低頭湊到黎楚耳邊，用只有他們兩人能聽見的聲音道：「不願意與我出門，推三阻四，就等我不在的時候，和這些……無關緊要的旁人出來？」

黎楚光聽到他的聲音就感覺背後寒毛立起來了，心中被不祥的預感洗頻：要死了要死了要死了，沈修表情這麼溫柔，靠過來說這麼恐怖的話……難道今天果然不能出門，出門就要血光之災……

他下意識就覺得自己腰疼了，忙不迭解釋道：「不我不知道王雨婷會來，是晏明央約我，隨便走走——」

「是嗎？」沈修慢條斯理，聲音又輕又緩，幾乎只剩下一縷醇厚的氣息，「你站在這裡……可一點也不像昨天哭著求我住手，說連路都要走不動的人……」

他用宴會致辭一般的語調念出了這句話，黎楚頭皮發麻，大庭廣眾之下被這樣挑逗，簡直……讓人腳都軟了。

黎楚面紅耳赤，再也說不出別的話了。

兩人說話時貼得極近，在一把傘的陰影下用極低的聲音互相說話，在旁人看來——簡直就是耳鬢廝磨！沈修的銀髮蹭著黎楚臉頰，嘴唇都快貼到他耳垂上了，曖昧得讓人浮想聯翩。

王雨婷站在旁邊先石化後沙化又風化，一手抓著晏明央的手臂，完全僵硬地成了人形背景。

直到黎楚忽然臉上泛紅，撇過頭去，停止了這場竊竊私語。

而沈修若有所思，直起身來，依然沉穩而從容，似乎什麼也沒做過，向站在一邊的王雨婷和晏明央兩人點了點頭：「又見面了。」

王雨婷驚恐道：「陛陛陛——嗶——我我是『無淚之城』的王雨婷——很很很榮

幸——」

當機了。

旁邊晏明央連忙接腔道：「啊，您好，您就是上次和黎楚一起來看我的畫展的沈修先生吧？」

沈修嗯了一聲道：「不必這麼客氣。」

王雨婷：「……」

什——麼——？

幾分鐘後，四人坐在迴轉壽司店中，正好是一排，沈修在最左邊，王雨婷便躲到最右邊，中間夾著黎楚跟晏明央。

沈修將黑傘收了，隨意掛在一邊，與黎楚坐在一起低聲說話。

黎楚道：「你這麼有空嗎？今天不是說一直有會要開？」

沈修淡淡道：「怕你跟人跑了。」

黎楚：「……」

果然不是錯覺。

黎楚悲憤地心想：怎麼不止我 get 了「如何讓白王心軟」的新技能，為什麼沈修也 get 了「如何讓黎楚不敢反駁」的新技能呢！

一旦自己回答了「跟別人走」這種話題，沈修立刻能用「他跟王雨婷談過」這種把柄幹掉他！

萬一！萬一沈修又黑化了呢！沈修上次黑化就是因為王雨婷，還說什麼把他在床上關一個月——

黎楚光是想像躺在床上下不來的日子，就覺得，天崩地裂，腰沒了。

與此同時，另一邊的對話似乎更悲慘。

王雨婷雙手捂臉，維持著矜持靦腆的姿勢，崩潰地小聲道：「要死了要死了要死了要死了……要死了啦！他是白王陛下！那個戴帽子口罩的氣質男……他！是！白！王！」

晏明央心裡的問號都快要溢出來了，小聲問道：「白王是什麼？你們為什麼都喊他『陛下』？他是……他是混黑道的嗎？」

「不是。」王雨婷痛哭流涕道，「黑道是他管的東西……之一。」

「什麼意思？」

王雨婷從指縫裡偷瞄坐在最左邊的沈修，片刻後以頭搶桌，淚眼婆娑道：「小央，我可能快死了。」

晏明央：「……」

「他們是CP！他們是CP！他們是CP！我居然追過黎楚……我追過白王的男人！白王的男人！人！白王會把我套進麻袋裡沉江還是賣去馬來西亞？不他才不屑這麼做，隨便使個眼色把我發配邊疆我就呵呵呵呵呵告別大家了……嗚嗚嗚……」

想到傷心處，王姑娘掩面啜泣。

晏明央尷尬無比，小心地拍了拍她的背，安慰道：「婷姐，妳先別……擔心這個。其實沈先生之前沒有跟妳計較的話，不太可能再……沉江什麼的。」

王雨婷頓了一下，忽然醍醐灌頂道：「等等，他們是CP，我可以讓黎楚幫忙求情啊！吹吹枕邊風什麼的……」

黎楚忽然轉過頭來，隔著晏明央，對王雨婷認真道：「枕邊風就別想了。」

王雨婷驚恐道：「你居然聽得到？不不這不是重點，為什麼枕邊風不行？黎楚，大帥哥，黎大爺，你一定要救救我！」

「真的做不到。」黎楚鬱悶地想：沈修在床上要是聽見妳的名字，第一個需要被拯救的就是我了……

沈修忽然向黎楚問道：「她說的『CP』是什麼？」

王雨婷石化：你們為什麼都聽得到！你們全程！都！聽見了嗎！

黎楚扭回來看著沈修，期期艾艾地解釋道：「CP就是……老公啦。」

沈修嗯了一聲，隔著黎楚和晏明央兩人，看著王雨婷淡淡道：「嗯，我們是CP。」

頭一次被白王正眼直視的王雨婷：「……」媽啊呼吸好艱難。

沒過多久，王雨婷跟晏明央兩人又一次眼睜睜看著黎楚和沈修開始「耳鬢廝磨」竊竊私語了。

更過分的是，還是什麼也聽不見。

王雨婷道：「為什麼我們說話他們能聽見，他們說起來我們就聽不見？」

晏明央想了想：「可能他們……耳朵比較好？」

王雨婷恨恨地想：一定是用了能力！一定是！這卑鄙的夫夫倆。

另一邊，卑鄙的夫夫倆。

黎楚小聲地彆扭道：「是什麼是啊！」

沈修理所當然道：「我難道不是你的丈夫？」

黎楚瞬間炸毛，「你說什麼？誰是誰丈夫！」

沈修唔了一聲，道：「我諮詢過我的顧問，他們說兩名男性組成的家庭──」

「和法律沒關係！關鍵問題是我才不要做『老婆』！」

沈修：「……」

黎楚鬱悶道：「誰上誰下這種問題關起門自己懂就好，為什麼要分丈夫妻子這種稱呼！我才不要出門就被人知道我被你壓了……哼。」

沈修還以為他要反駁他們還沒有結婚。

結果黎楚根本沒注意到這個問題，而是直奔著誰是老公誰是老婆這種面子問題上一去不回頭了。

沈修又是無奈又是好笑，半晌後緩緩道：「你需要惡補一下常識了。我們是husband和husband，沒有人會認為你扮演了偏女性的角色，懂嗎？」

黎楚呆了一會兒，認真地說：「這麼說，我也是你丈夫？」

沈修：「……」

黎楚舔了舔嘴唇，不懷好意地笑道：「來，叫一聲『老公』聽聽。」

一陣風吹過。

王雨婷受到了極大驚嚇：「他們人呢？怎麼一眨眼人就不見了？」

晏明央若有所思道：「可能是回去解決一件重要的事了……」

確實是回去解決重要的事了。

沈修一路都在思考，是先逼黎楚喊「老公」，還是先把他不切實際的反攻意圖掐死在搖籃裡？

而黎楚一路都在思考，怎樣才不會死在床上……

Episode 8

一念天淵

SOUL INVASION

靈魂侵襲

1

一個月後。

紐西蘭，威靈頓。

一座純白別墅內，空蕩蕩的長桌盡頭，坐著一名男子。

他把玩著自己的金色碎髮，翹起二郎腿，深灰色的眼睛百無聊賴地看著窗外，喊道：「米蘭達——」

一個人從門外走進來，欠身道：「陛下。」

文森特瞥了那人一眼，說道：「米蘭達呢，怎麼好幾天沒見到她了？」

那人又行了個禮，說道：「陛下，米蘭達一個月前身殞在白王的領地上，SgrA的成員黎楚殺死了她。」

「哦。」

死了嗎？

文森特站起身，看著外面的風景。

海邊浪潮層疊，天空碧藍如洗。這座別墅是米蘭達挑選了很久的度假聖地，連窗戶開在什麼地方都被她預先改動過了，就為了確保用餐時可以看見這麼美的風景。

文森特身後那人說道：「陛下，我們在與 SgrA 的衝突當中損失了很多成員，現在都在等待您的指示。」

「關我什麼事？」文森特淡淡道。他轉過身，正眼看著與自己對話的人，問道：「對了，你誰啊？」

對方欠了欠身，沉靜道：「陛下，我名為華風。」

二十小時後。

華風慢慢走下階梯，從西裝口袋中取出一把鏽跡斑斑的鑰匙，打開最底層的鐵門。這是地下三十米深處，陽光永遠難以企及的地方。這座古老的別墅內被憑空開墾出巨大的地下空間，用層層高科技以及無科技的手段保護著一個被囚禁了三十年的人。

華風帶來了一盞新的螢光燈，這種燈光線暗淡，但不會消耗空氣，亦不需要電線。

被鎖鏈禁錮在牆上的人慢慢抬起頭，適應光線。

他身材肥碩，哪怕沒有鎖鍊扣住四肢，恐怕也無法一個人獨自移動。他看到華風的臉後有一瞬間的迷惑，隨即沙啞地說道：「華風？」

華風點了點頭，彬彬有禮道：「午安，羅先生，我又有事情需要麻煩你了。」

被稱為羅先生的人低下頭，將腳邊空碗踹到華風面前，嘲諷地說：「喲，給了三頓好吃的，終於要提要求了？說吧，管飯的。」

華風踩住滾到他腳邊的碗，說道：「羅先生，我需要一名共生者的血液。」

羅先生暴躁道：「少說屁話，要誰的共生者？」

華風淡淡道：「赤王陛下的共生者。」

羅先生悶聲笑了一會兒，渾身堆疊的肥肉陣陣顫動，鎖鍊發出沉悶的撞擊聲。

他笑容一收，聲音冷如冰刀：「好得很，你終於敢對文森特那混小子動手了。要血？明天給老子上滿漢全席吧。老子蹲了三十年，也就吃的時候還能嘗到活著的滋味。」

這是紐西蘭的早晨，此時中國正處在凌晨時分。

黎楚迷迷糊糊地從被窩伸出一隻手，左摸右摸，摸到沈修臉上。

沈修在睡夢裡下意識把黎楚往自己懷裡塞了塞。

黎楚停了一小會兒，又開始閉著眼睛亂摸，好半晌後翻到了枕頭旁邊的手機，打開。

毫無疑問，黑暗裡打開的手機比中午的太陽還刺目，一陣強光撲面而來，把兩人都驚醒了。

沈修捂著眼，無奈道：「又半夜爬起來玩遊戲！」

黎楚把手機螢幕關了，湊過去在沈修嘴唇上親了親，帶著濃濃睡意地說道：「體力又滿了啦……我去刷會兒就回來。」

沈修唔了一聲，表示不滿。

黎楚又親了兩下，白王陛下終於收到足夠的好處，翻個身不計較了。

黎楚頭重腳輕，跑去廁所放水，順便把遊戲裡的體力花光，看著自己在腦殘手遊裡的排名上升了一位，心滿意足地計算下一次體力全滿需要花光的時間。

他回去臥室，見沈修閉著眼不知道是不是又睡著了。

「喂，睡了嗎？」

黎楚蹲在床頭，把頭擱在床沿上看了沈修一會兒，忽然賊兮兮湊過去，小聲說道：「我有沒有說過你很帥？」

沈修呼吸綿長。

不知怎地，每每見到他毫無防備地睡著，黎楚就會感到心裡一片暖融，很想湊過去親一下屬於自己的這人。倒是沈修醒時，那雙淺色的眼睛始終注視著黎楚，反而叫黎楚有點害羞……

嗯，害羞。

雖然表現得很像憤怒，而且黎楚死也不會承認這件事……但是他面對沈修的時候就是死也說不出表達好感的話，被沈修期待地看得久了，就會惱羞成怒地撓過去。

除了……沈修睡著的時候。

沈修睡著了，黎楚就覺得他看不見自己聽不見自己，頓時內心又放鬆又軟糯。

「雖然從來沒說過……你知不知道我喜歡你呢？」黎楚小小聲說道，臉上微微帶著紅暈，「昨天做的時候好像又咬你了，你別以為我討厭那樣……其實滿爽的。」

黎楚噗的一聲壞笑，伸手亂晃沈修的一簇銀色頭髮。

「你下次什麼時候再玩霸道總裁風？別老問我意見，問個屁啊，『要不要繼續做』這種問題想我怎麼回答？老子……說不出『好爽啊快點操我』這種話好嗎……

「還有，喂，別以為偷偷玩遊戲我不知道。你開我帳號玩了起碼有三個小時哼哼哼，想玩遊戲就直說，我又不會笑你……等我幫你創個帳號，等級到了其實可以結婚……」

黎楚想了想，好像沒有什麼平時害臊不敢說的真心話了，便光著腳跑回自己那邊，鑽進被窩裡。

被窩有些涼了，黎楚磨磨蹭蹭倚著沈修的背。

沈修假裝無意間翻了個身，把他攬著，這下暖和了。

黎楚心想：我似乎好像大概也許很喜歡你。

沈修心想：嗯，我知道。我都知道。

上午九點，沈修出門處理無淚之城的事情。

黎楚叼著番茄醬，跟他一起坐進車裡。

他們一個是去管理和約束這個組織的發展，一個則純粹是去玩的。

王雨婷和晏明央是無淚之城掛名的成員，本來沒有資格邀請黎楚去他們的總部，不過黎楚坐著白王的座駕進來了，下車時還是沈修親自替他開門，這下大家都看明白了。趁著沈修做正事的時候，黎楚拉著晏明央在別人總部裡觀光遊覽，外加吐槽。

「這個組織為什麼叫無淚之城？」黎楚問道。

晏明央搖頭道：「我也不知道。好像是因為，首領是從一個什麼世家傳承下來的，幾百年前曾建造一座城，就叫無淚之城。」

這說了跟沒說差不多。

黎楚和晏明央兩個人在總部裡亂轉，有時碰見需要許可權才能進入鎖，還沒等別人向上報告，黎楚隨便抹兩下就打開了。

路過無淚之城的管理區時，有很多文件和介紹，但他們懶得翻閱，一路走進休閒區，就在人家的高檔會議室旁邊打乒乓球。

午休時，兩人混進員工餐廳裡領了一頓飯，看著空蕩蕩的大廳中陸陸續續來了很多人。

每個人臉上都帶著微笑，穿著休閒衣服進來領食物，吃什麼都可以隨便挑。

黎楚左看右看，好奇道：「這地方根本不像總部，比較像娛樂中心。」

晏明央點了點頭，說道：「其實我也覺得……這裡的氣氛總是很歡樂，每個人都很友善。」

正說著，有人來向晏明央打招呼，坐在旁邊，戴著酷炫的墨鏡和口罩，頭髮塞在帽子中，含糊道：「嗨！」

晏明央尷尬道：「婷姐，妳也在啊？」

半小時後，兩個小朋友漫無目的地的閒逛，變成了有導遊帶路的閒逛。

王雨婷始終戴著墨鏡，黎楚知道她一直在使用能力。

他們路過很多人，所有人都熱情地打招呼。

黎楚在這個地方遇見的人都沉浸在一種平靜的快樂當中，他們無欲無求，心情舒緩，看見陌生人時很愉快地上前打招呼，而全無疑慮。幾乎每個人都有著安然恬靜的眼神，也都樂於助人，或許在這裡待得久了，忍不住就會認為世界上都是好人。

「我的能力是激發人的快樂情緒。」晏明央不在時，王雨婷就對黎楚說道，「剛覺醒這個能力的時候，我很難接受，覺得這種快樂是假的、是罪惡的。我父親幫助我找到共生者以後，我決定一直解除伴生狀態，就當自己是一個普通人一般長大。

「我父親去世前將我託付給伯父，我就和小央訂了婚約。那婚約是假的啦，我和小央頂多是姐弟關係，不過掛著婚約也好，反正我們都暫時沒有結婚的打算。」

黎楚若有所思，道：「妳是最近才加入無淚之城？」

「對呀。」王雨婷笑道，「首領教會了我一個道理——不管快樂是真是假，如果我有能力讓人們過得更好，還有能力改變他們，讓他們變得更善良，為什麼我要把它藏起來？如果我喜歡一個人，就該放手喜歡，努力讓他快樂，不要想太多庸人自擾的事情。」

他們走到哪算哪，偶然來到了一片大型設備林立的透明房間，只看見裡面有不少穿著防塵衣物的人來回忙碌。

「這裡是做什麼的？」黎楚問道。

王雨婷茫然道：「不知道，這些伺服器，還有那邊的儲存裝置……是無淚之城最大的開支項目。每天都有很多資料，被標注是絕密資料，一定要永久存儲起來。然後資料越堆越多，現在需要很多人來看守和維護才行了。」

2

這些無塵房間寬廣明亮，兩邊以強化玻璃為牆，站在走廊能清晰地看見裡面。眾多設備整齊排列的場面非常宏偉，尤其當它們閃爍著代表大量資料傳輸中的光芒時，那些被整齊規劃在一起的各色數據線在上空纏繞著沒入牆體——光是看到這些數據線，黎楚就大概知道其中儲存了多少資料。

這些資料如果列印出來，繞地球十幾圈都綽綽有餘。

黎楚將手貼在冰冷的玻璃上，微微出神。

無淚之城……這個組織太奇怪了。從名字，到裡面的成員，到它的資金湧入的方向。

如此大量的資料，為什麼要竭力全部保存？又是從哪裡湧來？

黎楚扭過頭，對王雨婷認真道：「我想看看裡面的資料。」

王雨婷吃了一驚道：「等等，這都是絕密資料，絕密！比機密、祕密更高級！萬一讓人知道你看見了……」

黎楚歪過頭，淡淡道：「我說沒有人知道，就沒有人會知道。」

他打量著玻璃另一邊的設備，一手貼著牆慢慢行走，好像在對比和衡量，最終走到一個無人的轉角，眼中發散出博伊德光。

王雨婷：「……」

天，任性起來也好帥。

黎楚有一陣子沒使用能力了，開啟後刻意將感知範圍放到最大適應了片刻。瑩綠色數據層層疊疊解析了這個物理世界，電子之風輕微地吹拂過他的髮梢，如同向王者致敬。

黎楚動了動手指，將這個走廊能捕捉到自己的八個監視器駭了，偽造出短短一段重複的無人影像後，將手掌貼在玻璃上。

從最近的儲存裝置裡，黎楚看見不同尋常的金色數據光芒，從每一個閃爍的微光裡吐露出一點點蛛絲馬跡。

就好像是有人被關在裡面，只有微弱的聲音傳了出來一般。

黎楚挑選了一個連接埠，順著資料流程湧入設備中，正想著分析其中的數據存儲結構，忽然收到了一條數據反饋。

這道數據是：「你是死神嗎？」

黎楚愣了一下，這道數據極其龐大，除了開頭的數據結構比較正常外，後面居然跟了非常大量的數據碎片，包括一些毫無意義的語句、一些場景圖像的碎片，還有更加微妙的資料。

就在他進行分析的時候，這臺設備中又湧出一道新的數據：「你是上帝嗎？」

黎楚感覺十分奇異，彷彿與一個人通過這臺機器的翻譯在進行對話。

他試探著編了一條類似的消息：「我不是神明。你又是誰？」

「我叫蓋文，蓋文・博伊德。我是一個病死在床上的人，然後就忽然……在這裡沉睡了很久。這是什麼地方？」

黎楚：「描述一下你所在的環境。」

博伊德：「我在一片無邊無際的水面上，這裡沒有色彩，沒有風，也沒有其他東西。我飄浮在空中，感覺不到自己的身體。我想我應該是一團靈魂，或者類似的存在。」

黎楚：「你是什麼時候到這裡來的？」

博伊德：「我不知道。我在床上閉上眼睛，感到無法抵抗的疲憊，就失去了意識，醒來時已出現在這裡。我感覺不到時間流逝，只知道自己的思緒非常清晰，但整個人被困在這裡。」

黎楚：「你這麼肯定自己死了？」

博伊德：「這是一種感覺。我凌空飄浮在這裡，缺乏時間感，沒有知覺，記憶和邏輯能力完整無缺，但感覺不到自己的存在感。」

黎楚：「我大概明白了。」

這個「博伊德」，難道是無淚之城打造的人工智慧？這裡成千上萬的設備用來收集資料，用大數據堆出一個人工智慧……還是有可能的，除了有點浪費。

黎楚準備離開這個儀器。

博伊德彷彿能感覺到他的態度，立刻湧出新的消息道：「你準備離開了嗎？我可能會繼續陷入沉睡。我們素未蒙面，但我想拜託你一件事……這對我來說非常重要，真的，拜託了。」

黎楚頗覺奇異，這個「博伊德」的請求似乎脫離了人工智慧應有的反應。

「說說看。」

博伊德：「懇請您找到羅馬教廷的一名主教長，她被稱為『黑主教』。請務必將這句話帶給她：『重新計算後，降臨日將在二〇一X年四月六日。』拜託了！我在休士頓有一座舊公寓，底下的密碼箱中有一枚胸針可以作為我的信物，還有一些寶石，可以作為您的報酬。具體地址是……」

黎楚記下地址，繼而陷入了回憶中。

他似乎在哪裡聽過「降臨日」這個說法，不禁使用能力回溯自己的記憶。

——沈修離開白塔時，有人向他報告「降臨日修正為兩個月後」……不，現在來算，就應該是一個月後了。

思索中，黎楚退出了這臺設備，關上能力前，他仍能看見其中金色的數據不斷圍繞著這臺存儲著神祕智慧的儀器。

不對，人工製造出的智慧怎麼可能請求別人完成這種事？如果這個「博伊德」說的完全屬實，真的在休士頓留有遺物……難道這些儀器裡，承載的是人死後的靈魂？

這猜測十分大膽，又令人心驚。

黎楚回頭看去，強化玻璃的阻擋背後，數不清的昂貴電子設備並排而列，每一臺上都有寥寥幾個指示燈，正零星閃爍著微光。

回去北庭花園的路上，黎楚始終若有所思。

天色太暗，沈修不打算繼續工作，看著黎楚冥思苦想，偶爾咬咬自己的指甲，他無奈遞過去一包番茄醬。

「今天遇到什麼了？」

黎楚叼起番茄醬，就不啃指甲了，說道：「你知道這個地方嗎？」

他在車上找到一支筆，在自己手心上寫下「博伊德」給他的地址。

沈修就著車燈看了一眼，道：「休士頓……我沒看過這個地址。有需要的話，可以讓馬可調查。」

黎楚歪了歪頭，喔了一聲，又開始神遊天外。

沈修對他用過就丟的這種行徑不滿已久，無奈地摘了手套，把黎楚的臉扳過來，吻了吻他道：「看著我，一天沒見，你都去做什麼了？」

「我們才分開五個小時好嗎。我就隨便……逛了一下。」

他想了想，還是把遇到博伊德的事情告訴了沈修，說道：「我推測應該不是人工智慧，倒可能是靈魂。」

沈修不置可否，說道：「迄今為止，還未有學說證明靈魂存在。不過，無淚之城確實有部分資源用在靈魂研究的實驗室。我記得，他們進行這種實驗已有幾十年光景，只是始終沒有進展。」

黎楚忽然有了興趣，說道：「哎，雖然不能證明存在，但是還是有不少猜想。你知道普通人……好像是個美國的醫生，就做過這種實驗——測量一個瀕死的人的體重，結果發現他咽氣後，憑空消失了二十一克左右的重量。」

沈修挑眉道：「然後呢？得出靈魂重二十一克的結果？」

黎楚興致勃勃的表情頓時變成了壞笑，一臉「你上當了」的模樣說道：「唉唉，你真是笨。這實驗要是真的，成果早就輿論譁然，科學家都湧向靈魂的研究了好嗎。那實驗量了六個人，只成功了一個，那個醫生是胡說八道。」

——所以你說這個故事的目的，純粹是為了說一句我很笨？

沈修哭笑不得，揉了揉黎楚的後頸處，道：「既然沒有什麼依據就不要想了。」

黎楚側頭看窗外已經頗久了，脖子上有點痠，一下給他揉得眼睛微微瞇起，享受得不得了，懶洋洋道：「其實……靈魂還是有可能存在。假如人的意識並非純粹依賴神經網路，而是一種獨立於大腦的腦電波磁場，那麼人真的可以做到靈魂離體，甚至在死後保留部分意識。只是沒有媒介保存的磁場太過脆弱，在空氣中頂多只能停留幾秒的時間……」

沈修心中一動，說道：「你懷疑無淚之城有能力保存這種腦電波磁場？」

黎楚摸著下巴，若有所思道：「如果有腦電波磁場，如果有這種保存它們的能力，那在人的意識徹底消散之前，說不定真的可以將他整個意識——或者說，靈魂，保存下來。然後這個死者就變成了……能思考會說話的死者？幽靈？」

黎楚說完，自己愣了半晌，看著沈修道：「真能做到這種事的話，人類就全部獲得了……另一種意義上的永生？」

3

黎楚扒著車窗，忽然說道：「喂，我們去吃披薩吧？」

沈修道：「又吃垃圾食物！你昨天才讓巴里特訂了炸雞，以為我不知道嗎？」

黎楚回過頭，無辜地說道：「那和披薩有什麼關係？炸雞是炸雞，披薩是披薩。我的食譜很寬廣博愛的。」

沈修：「……」

黎楚總是善於扭曲你的邏輯，混淆你的概念，最後——

他舔了舔嘴唇道：「你不知道吧？在這種時候二話不說下車掏腰包買披薩回來的男人，最帥最討人喜歡了。」

——最後還拐彎抹角地撒嬌讓你心軟。

沈修有時真是恨不得把黎楚按在懷裡狠狠搓他一頓，看了他半晌後，黎楚居然湊過來在他臉上響亮地親了一下。

「嗯嘛。」

這下沈修徹底沒轍了，默默下車去買披薩。

幾分鐘後，老婆奴沈修拎著碩大的袋子回來了，黎楚歡呼一聲，捧著披薩盒子回去，完全無視了沈修。

沈修坐進去關上車門，看著他流口水的饞樣，忽然俯身將人撲倒在後座上。

「哎哎哎——」黎楚突然被襲擊，急忙將披薩盒護在底下，之後才想到回頭去看沈修。

被白王撲倒這種事簡直日常，況且車還在大街上開著，黎楚完全沒有危機感，躺在沈修身下，困惑地「嗯」了一聲。

沈修油然有種馴服了高傲野獸的成就感，光是看著黎楚拐彎抹角地使壞就讓他心裡發軟，這下黎楚乖乖被按在下面露出無辜又茫然、毫無攻擊力的表情，簡直將他瞬間擊破。

「這麼喜歡這些垃圾食物嗎，嗯？」沈修嘴角帶著笑意，低頭看著黎楚，「居然看都不看我。」

黎楚不怕他按著自己一頓揉，甚至也習慣了他散發荷爾蒙引誘自己，但就是怕這種脈脈溫情的場景，被箍在沈修懷裡溫柔對待，會讓黎楚渾身發麻，本能地把頭埋進沙子裡，比如——

「披、披薩很好吃怎麼了……快點讓開了，煩不煩啊！我還要吃披薩……會被壓壞的……」黎楚把頭撇到一邊，就是不看沈修的雙眼。

「不會壞的。」沈修隨手將披薩盒子抽出來，塞到副駕駛座，然後低下頭，將嘴唇貼在黎楚唇上。

黎楚以為他要開始一個漫長的吻，彆扭地動了動，在那等著。

下一刻，沈修嘴唇一動，低聲說道：「……」

他說話時，每一絲微小的氣流，微小的動作，都能完全被黎楚感知到。

黎楚臉紅了，連耳朵都燙了起來，被沈修看著，惱羞成怒道：「你說什麼啊！根本沒聽見，沒聽見沒聽見……」

沈修悶聲笑了笑，又說了一遍。

黎楚：「……」

片刻後，沈修嘶的一聲，抬起頭茫然道：「我說愛你，你為什麼咬我？」

黎楚抬起手臂擋著臉，怒道：「誰讓你忽然這麼煽情了！不准！煽情我！」

沈修又是無奈又是好笑道：「你可真難伺候……」

黎楚艱難地掙扎了一陣，在狹小的後座翻身，將沈修壓在下面，舔了舔他唇上的傷口，哼道：「嚴禁！忽然煽情！不然就咬你！」

沈修低聲道：「好吧，以後我會提前通知的。」

黎楚愣了一下。

沈修嘴角帶著黎楚式的壞笑，慢吞吞道：「我要說『我愛你』了。」

黎楚：「……」

沈修慢條斯理地倒數：「十、九、八……」

黎楚快要被煮熟了！

他完全不知所措，呆呆看著沈修使壞，片刻後聽見沈修數道：「七、二、一……」

「我！知！道！了！」黎楚抓狂地撲上去捂住沈修的嘴，惡狠狠地晃他，「不准繼續說了！」

沈修舉起雙手表示無條件投降，片刻後抱著黎楚，毫無形象地笑了起來。

打開那盒大披薩以後，黎楚用幾分鐘時間嗖嗖地吃了兩大塊，然後用二十分鐘時間痛苦地硬塞了第三塊。

沈修慢條斯理地陪他吃，用一種可持續發展的策略吃會兒歇會兒，吃到第四塊。

還剩下一塊，兩人說什麼也塞不下去了。

黎楚怒道：「太浪費了！你為什麼買這麼大！」

沈修道：「因為買小了你會鬱悶。」

黎楚：「……」你幹嘛這麼瞭解我。

他看著盒子裡最後一塊無比誘人的披薩，硬著頭皮道：「一人一半！」

二十分鐘後，兩人軟倒在沙發上。

沈修無奈道：「為什麼一定要吃完……我有少給你的餐費嗎？」

黎楚大義凜然道：「這不是錢的問題！而是不該浪費食物——尤其是美味好吃的食物！」

他側過身，捂著肚子道：「好撐啊……」

沈修起身從藥箱裡翻出專門給黎楚準備的健胃消化藥片，遞給黎楚。

「塞不下去塞不下去……」黎楚哼哼道。

沈修：「……」你塞得下那麼大半個披薩，最後一片藥丸卻塞不下去了？

他摸過去，撓了撓黎楚的胳肢窩，趁著他噗地笑出來的時間，直接把藥塞了進去。

黎楚毫無防備，一下就咽了下去。

過了一會兒，黎楚同志果然又復活了，到處走來走去促進消化。他眼裡放射出博伊德光，顯然在用能力。

沈修好笑地看著他，以為他又在畫CG插畫，然而掏出手機刷了半天，沒見「大河二何」發布新的微博。

黎楚看起來心情極佳，哼著歌，伸個懶腰，繞著沙發亂轉。

沈修猜測道：大概是遠程遙控在玩什麼遊戲吧。

就這麼想著，沒過多久，馬可發來了一條消息，涕淚俱下地哭訴道：

「陛下！日子沒法過了！您的愛人黎楚同志又沒事拿我們情報組當消遣了！他拿我們九臺小伺服器排在一起，過一會兒當機掉一臺。我們維修好，他就當掉另一臺……情報組和後勤組陪他玩這種無聊的打地鼠遊戲已經很久了，什麼時候換點新花樣啊！不然就像以前那樣，做迷宮玩也好啊！一直玩打地鼠，我們也很累啊！」

沈修：「……」

黎楚邊刷微博，邊打網遊，邊跟SgrA的成員玩打地鼠遊戲，不亦樂乎。

沈修哭笑不得，正準備回覆，黎楚忽然回過頭，壞笑著用能力控制住沈修的手機，給馬可回了條消息。

「你們自己去問黎楚吧，我聽老公的。」

沈修：「……」

光看白王愣住的表情，黎楚就樂不可支，走過去跪坐在沙發上，笑道：「你們的伺服器太脆弱了，我隨便一翻都是漏洞，就順便陪他們玩玩。他們雖然人不聰明，不過還是滿勤奮的嘛，玩了一個多月，好歹修復了不少漏洞，咯咯咯。」

他這個姿勢將吃得微微鼓起的小腹露了出來，沈修忍不住摸了一下，無奈道：「你要是想幫忙他們完善系統……可以直說。」

「誰在幫他們？」黎楚仰頭道，「我只是看見笨蛋不得其法，老是在門外團團轉，看得心煩而已。」

沈修在黎楚的腹肌上戳了一下，黎楚閃躲，怒視著沈修。

沈修若有所思道：「軟了一些……」

他正想繼續說「再養幾個月才行，現在還是太瘦」，黎楚已經五雷轟頂，呆呆地將上衣翻起來，摸了摸自己果真軟了一點、不那麼明顯了一點的腹肌，崩潰道：「這不是真的！」

幾分鐘後。

黎楚呆呆地蹲在體重計上，內心崩潰。

沈修安撫道：「吃完晚飯，本來就會重一點。」

黎楚垂著腦袋道：「我重了三公斤……一個月我就重了三公斤！沈修！」

沈修無奈道：「你之前是太瘦了，現在不過剛養起來一點……」

「你是養豬的嗎！」黎楚鬱悶道，「為什麼要把我養肥啊！」

那樣抱起來手感更好，而且你不瘦代表我把你養得很滋潤很幸福啊……沈修心想。

白王咳了一聲，表情十分正經地說道：「像今天這種披薩少吃幾次就可以了，你也該控制垃圾食品的攝入。」

黎楚哭喪著臉，吞吞吐吐了好半天，說不出話來。

沈修知道他在想什麼，不禁嘆了口氣道：「讓你戒掉披薩有這麼難嗎？」

黎楚出神地蹲在那裡，蹲了好一會兒，沈修不知怎地就有種奪走他心愛零食的罪惡感。

黎楚忽然拍了拍身上，站起來道：「好吧，那我只能不要臉地使用能力了。」

「什麼能力？」

「燃燒脂肪！幹掉肥肉！長出完美腹肌啦啦啦——」黎楚得意洋洋道，「我編點代碼就好了嘛，讓身體自己運動……我可是開著『全天修練根本停不下來』外掛的男人！」

沈修無言以對。

好半晌後，他意識到一個問題：「既然你能控制腰部肌肉，那之前說什麼腰疼要休息必須禁半個月……都是騙我？」

得意過頭結果露陷的黎楚：「……」

沈修緩緩道：「說什麼改不了腰部函數，這姿勢不行那姿勢太疼……也是騙我？」

黎楚終於炸毛道：「那個真的不行！什麼『坐上來自己動』啊這種段子怎麼能真的玩！為什麼一定要換姿勢啦！就愉快地做完不可以嗎！每次被爽哭我都很丟人的好不好！不玩！我不玩了！」

沈修：「……」

他們對視了一會兒，黎楚在沈修臉上看見了「口嫌體正直」五個大字。

黎楚說完回憶起上一次不可言說的場景，身上有點發熱，咽了咽口水，心想：完蛋了，我怎麼自己也覺得我口嫌體正直……

4

馬可的消息到達時，黎楚和沈修正在活動室裡打乒乓球，通訊器因為嫌礙事被丟到了一邊。

兩人聽見門口傳來匡噹一聲動靜，不禁回過頭來。

一名情報組成員氣喘吁吁，一手撐著門框，惶恐地欠了欠身，繼而顧不上其他，直接說道：「陛下！薩拉姐出事了，生命危險！」

室內靜了片刻，黎楚輕鬆的表情轉為沉肅，問道：「什麼事？她人現在哪裡？」

沈修已將手上的東西放下，拎起外套，沉穩道：「邊走邊說。」

他們推開活動室的門，大步行走在走廊中，穿過北庭花園的中庭時，已經大概聽清楚薩拉的情況。

這一天是薩拉的假期，她下午時出門去替安妮買生活用品。

她在警衛處報備過，一名戰鬥組成員隨她出了門。

但就在十幾分鐘前，情報組成員發現薩拉的生命徵象出現了明顯波動，試著聯繫過後，發現跟隨她的那名戰鬥組成員在短短幾十秒內徹底死亡。

死於上萬伏特高壓電流。

情報組立刻將薩拉遭遇戰鬥的消息傳遞出去，組長馬可親自定位薩拉的位置，不久後他們將薩拉帶了回來，現在正在E座的治療室中。

「知道對方是誰嗎？」沈修問道。

情報組成員答道：「我們沒有見到對方。他殺死另一人以後，在薩拉姐體內留下了幾道極其複雜的電流回路，我們無法完全清除，甚至不清楚這其中的原理。」

黎楚沉吟道：「薩拉的身體狀況如何？有沒有生命危險？」

「情況很糟糕。敵人留下的電流電壓很高，薩拉姐現在心跳和血液循環都非常不穩定，完全依靠治療師的能力勉強保持生命徵象，而且可能……在遭受很劇烈的痛苦。」

說話間他們走到目的地，沈修推開門，見治療室外面已經站了馬可和所有留守北庭花園的後勤組成員。

治療室內，一名契約者不斷使用能力為薩拉穩定情況。

薩拉躺在圓柱形的透明治療艙內，身上插著許多儀器導管。她漂浮在綠色液體當中，這些液體穿過治療艙不斷在半空中盤繞和迴圈，受那名契約者治療師的控制，正在竭力維持薩拉的生命。

薩拉仰著頭，神情痛苦，半合著布滿血絲的雙眼，直直看著走進來的沈修。

她像是想要說話，但喉嚨中只能發出咯咯的痛苦聲音。

「是誰對妳動手？」沈修說道。

他的聲音低緩而深沉，像壓抑的滾雷，帶著久未出現的森寒和慍怒。

白王慢慢觸碰從薩拉身上延伸出的綠色液體，就在那一剎那，高壓電火花劈啪一聲打在沈修手上。

治療師說道：「陛下，我們嘗試了很多方法，都無法清除薩拉姐身上的電流，幾乎只能引導走一小部分。」

「我來試試。」黎楚說道，「我的能力可以控制微量電流，而且我對人體也很熟悉。」

沈修緊緊皺著眉，說道：「不行。」

黎楚反駁道：「讓我試試。薩拉的情況太不穩定了，一不小心就會心跳停止，不會比現在更糟糕了，我可以幫上一點忙。」

「不是不信任你。」沈修眼中現出博伊德光。

白王久違的嚴酷氣場在狹小的室內驟然發散開來，SgrA的成員們不由自主地後退一步，敬畏地看著他。

沈修冷冷說道：「這些電流，來自王權級的契約能力者。王權以下的能力，本身就很難清除它們。」

黎楚瞬間明白了這句話代表的意思。

「是……赤王？」

「是赤王文森特。」沈修閉了閉眼，示意黎楚後退，「只有我能處理，但我需要一點時間，所有人都退出治療室——後勤組除外。」

黎楚有些擔心地踟躕了片刻。

沈修語氣溫和了一些，淡淡道：「你也出去吧，不會有事的。告訴塔利昂，現在開始一級戒備，封鎖北庭，我將最高許可權授予給你，有任何突發狀況，由你全權負責。」

黎楚從他的話裡感受到了沉肅的壓力，他知道沈修這句話背後是什麼樣的含意。

赤王文森特再次觸及到沈修的底線，而後者不打算再次放任文森特總是置身事外地遊走在異能世界的邊緣了。

敢於試探白王的保護而對 SgrA 成員出手的人，迄今還沒有誰能全身而退，哪怕是四王之一，沈修也絕不會破例。

黎楚離開後，沈修使用能力，感知到薩拉體內正在殘暴肆虐的電流。

這非白王擅長的領域，但是縱觀整個異能世界，能夠正面對抗赤王能力的也只有王者。為救 SgrA 的首席治療師薩拉，只能由沈修親自出手，試著將這股電流疏導出來。

薩拉始終保持著清醒的意識。劇痛最初襲擊時，她立刻喪失了行動和說話的能力，但也無法昏迷，電流刺激著她的腦部神經，恐怖和痛苦已經在籠罩了她三十分鐘，卻如同半個世紀一般漫長。

薩拉艱難地動了動，手掌貼在玻璃上。

沈修散發著光芒的雙眼直視著她，片刻後感覺到一點異樣。

薩拉在治療艙中痛苦地深呼吸著，博伊德光緩慢籠罩了她的全身，她在光芒中有如蛻皮一般發生變化。健康的肉色皮膚慢慢轉為蒼白，深褐色及肩長髮亦從髮根開始失去顏色……

沈修亦在發生變化，他的瞳仁首先漸漸映照出色彩，蒼青色當中間雜了一點金色。

「薩拉！停下能力，現在轉移疾病妳會受不了。」

薩拉慘白的嘴唇略彎了彎，深褐色的瞳仁漸漸淺淡，變成一抹淡淡的粉色。

她被痛苦侵蝕，笑容卻更加純淨。

沈修的白化症慢慢轉移到薩拉身上，她的眼中充滿苦澀，也充滿道別的神情。

黎楚離開E座，按照沈修的吩咐，首先通知了所有 SgrA 成員進入戒備狀態。

塔利昂在北庭周邊按照預先所設置的方案，開啟了雷射網防護。所有人暫時禁止進出，以防可能會有的攻擊。

襲擊薩拉的不是有跡可循的尋常契約者，而是那個難以捉摸的赤王文森特。面對王，任何人都無法掉以輕心。

黎楚茫然等待了一會兒，忽然想到了什麼。

事發突然，情報組以最快的速度將消息傳到 SgrA 每一個契約者手上，卻暫時沒有人想到通知安妮，薩拉的共生者。

剛到晚飯時間，天色已經暗了下來。

黎楚敲響安妮的門，而後者穿著拖鞋和睡衣，懷裡還夾著什麼東西，似乎來不及放好。

黎楚剛說到「薩拉遭到襲擊，正在E座治療室接受治療」，安妮已如遭雷擊，臉上帶著如夢初醒的恐懼。

她茫然推開黎楚，蹌地走了幾步，繼而瘋狂地奔跑起來。

黎楚心中酸澀，帶著同情，他明白薩拉和安妮之間經歷過很多不足為外人道的事情。她們身為一對契約者和共生者，為了共同在SgrA生活，已經並肩面對過太多挫折和痛楚。

但不論遇到多少次磨難，不論做過多少準備，當聽見對方陷入危險的時候，永遠都不可能不恐慌，不失措。

黎楚關上房門時，發現有東西夾住了門。

是一本日記。

他撿起來看了封面一眼，上面寫著：致安妮：……我賜你再愛一次，再活一次的機會。

黎楚走進去，將日記放在書桌上，並不去翻閱她的隱私，默默關上了門。

致安妮：
如果有一日妳忘記了我。
我賜妳再愛一次，再活一次的機會。
——安妮

十二月二十五日第一篇記事
我找了她二十年了，但她先找到了我。
她叫薩拉，是義大利人，但不會說義大利語。
她笑起來，左頰上有一道很好看的笑紋。
[一張鉛筆繪製的肖像畫]
你是上帝的女兒嗎？

一月七日第十四篇記事
我帶她去餵鴿子。
她很快樂，她特別喜歡一隻翅膀上帶著兩道灰色紋路的鴿子。
她喜歡吃提拉米蘇，喜歡吃櫻桃。
她看著路邊的花看了很久，想問我這是什麼花嗎？

一月九日第十六篇記事
今天還在圖書館。
找到那個花的花名了，是星辰花，代表永恆的愛。
真美啊，又美又哀傷。是一種我甘願為之死去的美麗。
我想見她。

五月七日第一百二十五篇記事
原來契約者死後，共生者會失去關於對方的記憶。
為什麼要這樣？
為什麼會這樣？
這不公平。

五月十三日第一百二十六篇記事
我會將這本日記本保存下來，作為我愛過她的證明，不，作為她出現在我生命中的證明。
我想記錄她的一切，她的美麗和她的哀傷、她的快樂和她的童年，她被表白時的羞澀、她滿頭白髮時嘴邊那道好看的笑紋。
只可惜人的語言那麼無力，畫筆也那麼無力，我找不到方法可以全部記下來。

我愛她，全心全意，語言可以表達的只有十分之一，我可以描述出來的就只有百分之一，那麼最後被看見的或許不到萬分之一。

可是大概也沒有關係。

如果薩拉死了，我丟失了關於她的記憶，只剩下這本日記。

縱使她的美，只剩下這些淺薄的文字，我也依然會再次為之傾倒。

忘記一切的我，會在這裡，再次遇見她，愛上她，與她創造新的記憶，然後陪她一起，死在這個記事的終結裡。

5

晚上八點十分。

北庭花園內部寂靜而緊繃。

黎楚坐在沈修的位置上，閉目沉思了許久。

赤王文森特為什麼襲擊了SgrA的首席治療師？薩拉與他素未謀面，唯一的交集只可能是文森特想為紅皇后米蘭達報仇，而刻意襲擊同樣在SgrA中擔任重要角色的薩拉。

但是文森特的復仇遲來了一個月，這中間一定是有什麼人或者事件，引導他隔了這麼久之後重新回到東區，對SgrA動手。

黎楚的直覺告訴他，是華風，那個謎一般始終追殺他不放的契約者。

幾分鐘後，情報組長馬可來到會議室。

他按照沈修的吩咐聽從黎楚的指令，在短短兩個小時內已經準備好了對北庭內部的全面檢測，此刻眼中散發出博伊德光，顯然一直在監控所有動靜。

他進來時遞給黎楚一份文件。

是關於那個神祕靈魂「蓋文．博伊德」所說的休士頓的別墅。

黎楚打開看過之後，赫然發現，別墅前曾屬於博伊德博士，白林教授的導師，那位威名赫赫、命名了博伊德光的教授。

他早在二十一年前就確認死亡，遺體據聞被白塔收藏後用於研究。

馬可帶來的資料極為詳實，顯然這位享譽國際的博伊德大師本身就是很多人研究的對象。博伊德的能力和資訊檢索、知識傳承有關，他能夠從人的遺物汲取死者擁有的知識和記憶，這個能力幾乎沒有上限，早在他未成年時，他對於異能的認知已經遠遠超過異能世界大多數研究人員。

博伊德死前最後參與的是關於四王能力起源的研究工作。他預言三十年之內，世界上將會誕生第五位王者。

瑣碎的資訊片段逐漸連接起來，黎楚陷入深思當中。

兩件極為重要的事情同時發生了——赤王文森特前來SgrA復仇；博伊德博士的靈魂似乎被無淚之城獲取，用不知名的方法化為儲存在裝置中的數據。

重新計算後，降臨日將在二〇一X年四月六日。

這句話是博伊德博士要求帶給黑主教的，與此同時，白塔的顧問也曾告訴沈修類似的話語。這難道代表……第五位王者誕生的時間？

黎楚想到這裡，不由得感到震驚。

四王各自鎮守一方的格局由來已久，誰也沒想過這個規矩源於何時何地，同樣也沒人想過將會有第五位王者誕生……

第五位王者將會有何種能力？掌握何種權柄？對現在的局勢又會產生怎樣翻天覆地的變化？

夜色深沉，黎楚坐在沈修的位置上，看向窗外茫茫黑夜。

須臾，塔利昂從門外走來，同樣始終開啟著能力。他坐到黎楚的下首，開口道：「陛下什麼時候出來？」

黎楚搖了搖頭，說道：「不知道。他將決定權交在我手上，或許準備要在裡面待上一段時間。我們現在能做的，不是坐等沈修出來，而是做好一切準備，防止敵人趁虛而入。」

他說到此處，正想詢問馬可情況如何，室外猛然傳來一聲極其沉悶、又不容忽視的嗡鳴聲。在場眾人都感到自己被一股特殊氣場籠罩，但這並沒有惡意，而是直直掠過所有人，鋪展向更遠的地方。

馬可立刻彙報道：「二級突發情況！我們有成員遭遇敵方襲擊，在……等等，新的情報，我們的成員在附近發現了赤王文森特的蹤跡！對方獨自行動——對方正在飛行當中，無法捕捉飛行軌跡！」

馬可彙報出一串經緯度座標，黎楚立刻打開能力開始定位，但就在短短幾秒後，他們再次失去了赤王文森特的蹤跡。

直到這時，眾人緊繃的神經不得不緩了一緩，但他們陷入了更糟糕的情況——赤王文森特是否向著 SgrA 來了？沈修正在全力救治重傷的薩拉，有沒有必要通知白王？

隔著窗簾，他們都看見外面深沉的夜色驟然亮了一些，伴隨著那股特殊而又極為寬廣的氣場，所有人都有一種被注視著的感覺。

黎楚起身打開窗戶，看見外面漆黑的長夜被隱約的銀白色光芒占據了。

這座燈火通明的城市忽然間暗淡了幾分，因為天色開始亮了起來，無數銀白色極光一般的光環層層出現，如輕紗又如晨霧，慢慢籠罩了下來。

「這是什麼？是誰的能力？」黎楚問道。

馬可表情空茫，顯然在處理大量湧入的情報，片刻後說道：「黑主教閣下向白王陛下問好，她派來了一名信使，現在等候在門外。」

黎楚疑惑道：「現在？」

室內的通訊器在此時響起，黎楚接通後，看見守在門口的戰鬥組成員說道：「一名普通人類正在門口等候陛下接見，她自稱是黑主教閣下的使者。請求指示。」

接著鏡頭切向門口等候的人。

這是一名不過七、八歲的小姑娘，穿著紅白相間的小禮服，像剛從唱詩班中走出來的尋常孩子。

黎楚喃喃道：「伊莎貝拉……」

牧血人戴維的女兒伊莎貝拉，曾經因為輸血不幸罹患嚴重傳染病，被沈修和黎楚帶回後，交託給黑主教代為照顧。沒想到一段時間不見，她作為黑主教的信使，再次回到了這裡。

「進行常規檢查後放行。」黎楚略作思考後說道，「將她帶去A座，布置好所有γ乙太介質，我希望從現在開始，所有從外部進來的人都有嚴密的看守。」

天色越發亮了，這是晚上九點整。

伊莎貝拉被帶到隔離的休息室內，不久，黎楚親自走了進去。

不等黎楚開口說話，伊莎貝拉從自己的口袋裡掏出了一顆巴掌大的水晶球，小心地用自己的手絹墊著，放在茶几上。

「這是主教閣下要我送過來的……」伊莎貝拉紅著眼眶，聲音低低地說道。

現在的情況並不適合處理其他事情，更應該全力應對來自赤王文森特的危險，然而這一切撲朔迷離，黎楚直覺黑主教不會來得如此之巧。

他蹲下身替伊莎貝拉擦了擦風塵僕僕的小臉，溫和地問道：「貝拉，妳還記得哥哥嗎？」

伊莎貝拉點了點頭，用力地嗯了一聲，說：「是哥哥讓我遇見了主教閣下，我要謝謝哥哥。」

黎楚心中微微發酸，回想起當時的事情。他們又算是給了這個小姑娘多大的恩惠呢？處死她犯了重罪的父親後，將她託付給一名主教，以尋求治癒疾病的一點機會罷了。

伊莎貝拉拉著黎楚，將水晶球遞到他的手上，認真地說道：「這個很重要。主教閣下說，等到『月光消失的前一刻』，或者『事情無可挽回的時候』，摔碎水晶球……

就會發生一個奇蹟。」

「貝拉，主教閣下還有說什麼嗎？是什麼樣的奇蹟？」黎楚問道。

伊莎貝拉低下頭，扁著嘴說：「對不起……貝拉不知道別的了……」

黎楚手中握著水晶球，仔細地觀察。

這顆水晶球不過巴掌大小，剛好能讓他握在掌心，它不如正常的水晶材質一般晶瑩剔透，反而有些渾濁，仔細看去，似乎能看見裡面隱約流動著輕紗般的白色光帶。

黎楚心中一動，問道：「貝拉，妳知道外面天上的光是怎麼回事嗎？是不是和黑主教閣下有關？」

伊莎貝拉抹了抹眼睛，一聲不吭地擦了擦新流出來的眼淚，帶著哭腔說道：「我知道！那些好看的月光是主教閣下弄出來的……我還知道，水晶球碎掉，主教閣下會死掉……哥哥，不要讓月光消失好不好？不要摔碎水晶球……貝拉會幫忙的，貝拉會做很多事情，我不想主教姐姐死掉……」

黎楚連忙抱著小女孩說道：「別怕，貝拉，沒有事的，我保證會好好保管這個水晶球。妳在這裡好好休息，等天亮了，就會沒事了。」

伊莎貝拉兩眼通紅，咬著嘴唇，強忍了很久，沒有嚎啕大哭出來，哽咽著說：「哥哥……外面還有一個好心的大哥哥等著，他認得你，可是被攔在外面了……你能不能讓他也進來啊？」

黎楚道：「我會去看看的。」

離開房間後，黎楚上了鎖。他並非懷疑一個單純無辜的小女孩，但仍擔心她會被人利用或傷害，在與赤王文森特弄明白之前，他不想再生出更多事端。

重新接通警衛室，黎楚知道北庭的門外聚集了很多人。一些是契約者，一些不是，但毫無疑問，大多數都嗅到了這裡的硝煙味，想要知道SgrA或者白王沈修的情況和打算。

在這些人當中，黎楚仔細尋找，找到了伊莎貝拉所說的人——晏明央。

6

經過一番檢查，晏明央也被帶到了完全隔離的休息室當中。

黎楚打量他片刻，除了站在門外久候使他有些狼狽外，並沒有太大異常。

「你怎麼找到這裡來了？」

晏明央尷尬地說道：「對不起，我、我不知道這裡會有這麼多人。我打你電話沒有反應，就自己跑過來了……你……你知道特組發布了避難通知嗎？」

「我知道。」黎楚沉穩道，「我不知道的是，你為什麼要來找我？」

晏明央低下頭，猶豫了一會兒，說道：「我只是有點擔心你。婷姐跟著無淚之城的首領走了，他們好像要轉移到地下安全的地方，我……我也有名額，那個，你要不要也躲一躲？」

黎楚沉默半晌，問道：「我為什麼要跟你們躲起來？」

「我聽婷姐說，SgrA 現在處於風口浪尖，很危險……而且戰鬥爆發以後，非戰鬥人員出去避難不是……很正常的事情嗎？這些契約者非常危險，不把人命放在眼裡，而且能力強大，如果可以，你不要……太逞強，就不要跟著站在最前線了吧？」

黎楚還未說話，晏明央又尷尬地續道：「對不起，我不太會說話，我沒有別的意思，就是想知道你安不安全。」

「我沒事。」黎楚嘆了口氣，淡淡道，「在你看來，SgrA 是最危險的地方之一，但是對我而言，此刻沒有別的地方比 SgrA 更加安全了。我不會跟你離開，至於你是抓緊時間回去無淚之城的避難所，還是留在這裡，都隨你的便。」

他也不與晏明央多做寒暄，簡單地交代幾句便離開了。

幾分鐘後，黎楚回到會議室。

他不過見了兩個人的時間，馬可已經堆積了非常多的情報等待他的判斷。赤王文森特沒再出現，但是他的隨便一個舉動已經掀起了巨浪，這座城市現在籠罩在黑主教的神祕能力之下，每個契約者都做好了作戰的準備。

黎楚說道：「監視好晏明央。不，他不是晏明央，而是華風占據了晏明央的身體。」

這情報使得馬可一瞬間驚愕得不知如何回答。

黎楚坐在椅子上，半合著雙眼，沉吟道：「王雨婷將晏明央保護得很好，晏明央從來不知道契約者的世界。華風既然膽敢占據晏明央的身體，想必做過一定的調查，為什麼還會犯這種低級錯誤，被我發現破綻？」

他說出這個問題，並非想要馬可回答，自顧自陷入了思考中。

黎楚閉了閉眼，雙手交握，說道：「監視好華風。馬可，十分鐘後接通管家巴里特，我要他為我辦一些事。」

黎楚的神情沉穩而肅穆，馬可彷彿從他身上看見白王沈修運籌帷幄的面容。馬可沉聲道：「是。」

黎楚緩緩吐出一口濁氣，閉上眼睛，打開了能力。

他的意識順著無所不在的電子訊號向外擴散，穿過城市地底鋪設的上千米光纜，沿著無淚之城總部的地下線路入侵，繼而在龐大的伺服器群找到了他曾經進入過的一臺設備。

設備中的神祕靈魂立刻察覺到他的存在，試探著湧出一道數據：「是誰？」

「依然是我，一直忘記自我介紹了，我是一名契約者，名叫黎楚，很榮幸認識您。我已經找到了你在休士頓的別墅，博伊德博士。」

「抱歉，我沒有想過要隱瞞我的身分。」

「我明白。我這次來並不是為了別的，而是想請教所謂的『降臨日』。」

博伊德沉寂了片刻，似乎在思考從何說起。

黎楚直截了當地問道：「降臨日是否是指第五位王誕生的日子？」

博伊德回道：「不，是指第五王座降臨的日子。所謂的王座降臨，即是指太陽系運行進入了第五片γ乙太群落，屆時所有具即位資格的契約者都會被迫開始面臨甄選，直到其中一人完全容納第五γ乙太，也即是第五王座，他的體內就會開始產生第五王權的能力……到此時，才算是第五位王者真正地即位。」

黎楚的猜測被證實了。

第五王座將在一個月以後出現，到時有資格即位的契約者之間必將開始一場爭奪。如果恰巧在這個時刻，赤王文森特受到某人的影響——很大可能是受到華風的影響，忽然開始與 SgrA 敵對，那麼無論從哪個角度考慮，最大的可能是敵人提前獲知了資訊，想要在王座降臨前就將對手解決掉。

黎楚沉吟道：「既然可以預測王座降臨的具體時間，是否有方法預測到時誰會有資格爭奪王座？」

「有的。」博伊德博士肯定道，「預測的方法本質上來說十分類似，白塔作為四王的輔助團隊，已經有了上百年的尋找繼承者經驗。通常來說，通過一定的推算和預演，白塔可以在兩個月內找到大約十位王權的繼承者，歷史上有很多王者就是通過白塔的幫助，找到了合適的繼位者。」

「找到繼承者的具體標準，包括名字、經歷、所在位置，甚至是……繼承王座的機率嗎？」

博伊德悚然道：「不，那絕對做不到。」

黎楚緩緩道：「我現在的對手如鬼如神。他能夠在一定的限制下入侵平凡人類，包括失去契約者的共生者；他早在幾個月之前就認定我會造成極大威脅，並預謀暗殺我；他能夠在一個王系組織之前，知悉其核心人物將遇到危險，從而救下對方並獲得對方的助力；現在他甚至有方法影響四王之一直接與另一位王開始敵對。而我，到目前為止，基本上能肯定的只有一點——他殺我的原因，應當與第五王座有關。」

博伊德竟然沉默了很久，久得令黎楚察覺到一些端倪。

這位神祕又名聞遐邇的頂尖契約者兼研究者，知悉很多古老知識，和至今未曾揭開的祕密。他彷彿正在思考，或者判斷，在認定黎楚值得他透露真相之前，他保持了緘默。

黎楚由此知道，博伊德博士絕對知道華風試圖追殺自己的內幕，只是……他目前並非絕對站在自己這一邊。

博伊德留下了一句：「抱歉，這涉及白塔的絕密文件，我沒有許可權透露。」

便單方面斷開了連接。

黎楚打開內部情報設備，看見大量報告都在說關於外面銀白色天幕的事情。

黑主教引發的光帶像倒扣的漏斗一般籠罩了整個城市，所有人都可以看見它們。城市中幾乎所有廣場都擠滿了人群，他們使用各種各樣的網路和通訊設備，將這裡的怪異現象發布到網上。

但沒有人有閒心去管他們，赤王文森特直奔 SgrA 進行復仇的消息有如核彈正在飛行當中一樣恐怖，唯有駐守在這裡的國家特組機構和教區主教發布了避難的消息，引導普通人以及非戰鬥人員進入避難場所。

黎楚心中有著被強大敵手盯上的緊張感，他自身的戰鬥能力與王者比起來太過孱弱，能借助的只有 SgrA 成員的力量……

正當他這麼想的時候，馬可報告道：「陛下出來了。」

說完不久，房門忽然打開，室內飄起一抹淺淺的極光，繼而顯出了沈修的身影。

馬可等人齊齊喊道：「陛下！」

沈修看了外面的情況一眼，顯然已有準備。

黎楚問道：「黑主教的能力你早已知道是嗎？」

「是。」沈修沉聲說道，「她是戰鬥開始後，損失無可挽回前的最後一重保險。」

他走到黎楚面前，這時黎楚才發現他雙眼恢復了青金色，白化症造成的影響在他的身上消失無蹤。

黎楚立刻想到了薩拉的能力，不由得心下一沉，問道：「薩拉……現在如何？」

沈修道：「她沒有事，只是需要休息。」

在場所有人都鬆了一口氣。

無論現在局勢如何，並肩的戰友平安度過危險的消息，永遠使人振奮。

「馬可，塔利昂，你們先出去。」沈修吩咐道。

兩人當即推門離開，留下黎楚和沈修獨處。

「等等，你是不是……」

黎楚的話驟然消失在沈修的吻當中。

沈修輕輕抱著他，與黎楚近在咫尺地對視，緩緩道：「我愛你。」

黎楚呼吸急促起來，他心裡既酸澀又沉重，還有一股由沈修傳遞而來的愛和信任。

「你準備……獨自去找赤王是嗎？」

沈修不答，但是兩人都知道問題的答案。

黎楚低下頭，將額頭抵在沈修肩上，緊緊擁抱著他。

沈修慢慢說道：「相信我，我很快就回來。文森特成為赤王只有短短幾年，而我坐在這個位置上，已經有二十年。這二十年，我從未失敗過，現在也沒有失敗的打算。」

「嗯。」黎楚答道。

他很想說些什麼，做些什麼，純粹是為了讓氣氛不那麼沉重一點也好，「所以你需要一個出征前的吻別嗎？」

沈修笑了笑，道：「我如果現在說『等我回來我們就結婚』之類的話，你是不是一定會答應？」

黎楚怒吼道：「立個鬼的 flag 啊！」

沈修茫然無比，只覺得黎楚瞬間炸毛了。

黎楚憤憤地推開沈修，替他理了理衣領，怒道：「笨蛋！就不能讓老子少操點心！」

「是，是……」沈修無奈地順毛摸了摸，將手上的表摘下來，放在桌上，「這是我的個人紋章，戴著它，你現在全權代表白王行事。」

7

窗外響起了人群熙攘和喊叫的聲音。

塔利昂打開了北庭預設的雷射防護網，代表著SgrA正式進入了一級戰鬥狀態——或者說，戰爭狀態。

沈修看了窗外一眼，眼中閃現出淡漠的博伊德光，說道：「文森特來了。」

黎楚心中一沉，強作鎮定說道：「我等你回來，別去太久了。」

沈修為他整理瀏海，認真地看了他一會兒，毅然轉身離開。

他推開門時的背影印刻在黎楚視線裡。

黎楚終於忍不住說道：「等等！」

沈修回過頭。

那一瞬間如此漫長，黎楚卻不知道該說些什麼，過了好一會兒，說道：「沒什麼……就……順便告訴你，GIGANTIC的華風占據晏明央的身體，現在被我關在A座。還有，無淚之城的儀器裡是博伊德博士的靈魂，告訴我很多事情……我知道第五王座要降臨了。」

他低下頭，挫敗地想：我在說什麼？這種時候我為什麼忽然就傻了……怎麼會想多留他一會兒呢？

沈修的目光停留在黎楚身上，彷彿能看透他內心的遲疑和不確定。

黎楚逐漸鎮靜了下來，白王充滿信任的視線足以彌補一切被留下的恐懼。

他甚至一瞬間想到了什麼，拿起沈修放在桌上的表，問道：「用這個……可以問白塔的絕密情報嗎？博伊德拒絕向我透露一些消息。」

沈修愣了一下，繼而似乎回憶起了什麼東西，瞳孔驟然收縮。

就在這一秒，窗外忽然亮如白晝，極為璀璨的光芒貫穿了整個北庭花園。

黎楚條件反射地背對光源，沈修已上前一步發動能力。透過窗戶射進來的光芒被無形之手扭曲，化成彩虹一般的光膜分離出來。

光芒一閃而逝，帶著絕強的氣場，黎楚驚愕道：「是赤王！他故意用強光……你的眼睛怎麼樣？」

「我沒事。」沈修伸手一招，四周空氣發出嗡然一聲，整個北庭花園轉瞬被扭曲的力場包圍，暫時籠罩在庇護下。

黎楚還想開口，沈修卻打斷了他的話，他的語速很少這麼急切，甚至顧不上外面悍然來攻的赤王，直接問道：「告訴我更多絕密情報的事情，博伊德在什麼情況下拒絕透露？」

黎楚快速地將關於華風的疑問重複了一遍，他從未見過沈修露出事情超出掌控的表情。

就在短短幾秒內，SgrA 分部的上空出現了一道人影。

他在漫天銀白色月光下顯出身形，赫然是赤王文森特。他操縱地磁磁場使自己飄浮在半空中，說話時聲音被無形的力量增強，在地面上所有看見他的人耳邊響起：「出來！沈修！」

沒有時間了。

室內，沈修皺起眉頭，急促地說道：「我沒有時間全部告訴你了。現在你帶領戰鬥組，不惜一切代價殺死華風，切記不要給他任何機會，當場格殺！」

黎楚茫然道：「但他現在用的是晏明央的身體——」

沈修說道：「聽著，白塔的所謂『絕密』只有一個，那就是被稱為『命輪』的項目，這是歷代第一、第二王者都會參與的專案。你知道我的能力代表什麼，如果和北境的『教皇』合作，將可以使重力粒子化，形成翹曲空間，在此之上，如果有無質量的規範玻色子能夠攜帶資訊……」

黎楚道：「穿梭時空嗎？然後呢？華風……」

「華風就是白塔所選的『玻色子』。」沈修道，「他如果真的可以隨意占用普通人的身體，那麼他的精神內核已經有資格超脫於物質存在，在王者的幫助下——穿梭時間線，來往於過去和未來。」

赤王站立在半空中，冷哼道：「還不出來？」

來。

他雙手握拳，眼中亮起博伊德光，在場所有人都感受到一陣無形的衝擊波擴散出來。

文森特將雙拳緩緩對接，青白色電流從他指縫間擴張成恐怖的能量網，下一秒，當量驚人的電磁脈衝就從其中擴散而出，以光速鋪展出來，瞬間從五十米低空衝擊地面。強悍恐怖的電磁脈衝瞬間掃蕩地面上所有電子設備，激起的電子浪湧在管道中奔湧，所過之處如摧枯拉朽，毀滅了一切電路。

燈光迅速熄滅，黑暗如有實質一般以SgrA為中心蔓延出來，以每秒數十公里的速度占據了整座城市。即使從高空衛星眺望，也能看見這座星球上的一塊區域以肉眼可見的速度降低了亮度。

電子設備全被摧毀，半空中電荷層被擾亂，一切通訊都暫時中斷了。

黑暗中，黑主教喚起的月光越發醒目。

黎楚被驚人的真相震懾，喘息著道：「你說什麼？華風……是從未來來的英雄，是白塔派來殺死我這個……反派的人？」

沈修低聲道：「如果我的猜測沒錯，白塔啟動『命輪』後，第一王權者和至少另外一名王共同送華風回到過去，也就是我們的『現在』——這件事所為的一定是影響整個歷史的重大變故。如果不是核武戰爭爆發，那麼就與……」

「第五王權有關。」黎楚喃喃道。

月光下，沈修凝視黎楚片刻，說道：「沒有時間了，我必須迎戰文森特。萬事小心，等我回來。」

他說完，最後學著黎楚一般，兩指併攏，在額上一劃，短暫地笑了笑，便轉身，凌空走向天空。

赤王文森特飄浮在半空中，看見沈修一身黑衣走了上來，與自己凌空對峙。

沈修漠然道：「你受人利用，又濫用王權，不配為王。」

文森特冷笑道：「做不做王有什麼關係？我根本沒求過要做這個王，忽然有一天來找我說有繼承資格，然後莫名其妙做那麼多測試。你知道嗎，那個先王還他媽誇我，說我淡薄，說我什麼都無所謂沒偏頗，實在太適合繼承王座了！」

「既然你無所在乎，又為什麼相隔一個月之後，再次挑起戰火？」

文森特怒道：「因為你殺了米蘭達！我本來不覺得怎麼樣，但是我昨天想起來米蘭達是誰了！她負責為我安排吃穿玩樂，天天挖空心思讓我高興，還幫我建立了一個叫什麼 GIGANTIC 的玩意兒，我忽然覺得她是個好人！結果一個月前你居然把她殺掉了？我明明告訴過你殺誰都可以，別隨便殺掉米蘭達！」

「米蘭達濫用你的名義，肆意屠殺無辜者，追殺我 SgrA 的人，是自取滅亡，與人無尤。」沈修冷冷道，「一切事端都由你御下不嚴所起，米蘭達等人不過抵罪伏誅，至今你仍是非不分，想挑起戰爭？」

「你說的什麼鬼玩意我聽不懂。」文森特咬牙切齒地說道，「我只知道你的人為了給一個隸屬我們 GIGANTIC 的小情報員報仇，殺掉了米蘭達；那我要給米蘭達報仇，殺掉那個什麼黎楚，到底有什麼錯！」

沈修漠然道：「既然如此，多說無益，開戰吧。」

地面上，黎楚在塔利昂保護下走出門，看見朦朧的白光之下隱約有兩道身影對立。

黎楚茫然看了片刻，喃喃道：「他不會有事……他是白王陛下。」

塔利昂沉穩地點了點頭，看向黎楚的目光帶著信任和尊重。

不知什麼時候起，他不再像最初那般牴觸黎楚，而是將他視作SgrA的重要成員，認可了他的能力。

黎楚深吸一口氣，毅然走向A座，說道：「塔利昂，告訴我SgrA有備用的電子通訊設備。」

「是的，在GIGANTIC無故挑起矛盾時，陛下已經吩咐過要準備強抗干擾的設備。備用電源將會在兩分鐘內啟動，不過恐怕沒有太大用途，這些設備採用真空管構造，只能聯繫白塔等重要聯絡對象。」

黎楚問道：「能不能接通無淚之城？」

塔利昂道：「不一定，我們需要嘗試。」

「只需要幾秒的時間，只需要接通幾秒而已……」黎楚淡淡道，「我即將面對的敵人來自未知時空，擁有的情報比我多太多了，我必須得到博伊德博士的幫助，才有可能騙過他。」

「騙過……華風嗎？」塔利昂道，「恕我直言，如果你認為華風是一大威脅，我們應該直接將他格殺在γ乙太隔離室當中，避免夜長夢多。」

「不，我不打算直接殺他，我需要他的能力。」黎楚沉聲說道。

此時此刻，天空驟然暈染出一大片黑暗，其中雷電穿梭，如同末日的陰雲一般籠罩在所有人上空。

地面開始震動，接踵而來的是突如其來的失重感，一切物體幾乎在那刻飄浮了一瞬間。

毀天滅地的衝擊波如有實質，掃開了夜幕中長長的白色光帶，卻在到達地面前被驟然阻止，將所有高度在五十米以上的建築攔腰折斷，恰恰被黑主教的光幕抵擋在半徑千米之內。

遠處傳來駭人聲浪，城市在崩塌的邊緣掙扎。而此刻，異能世界的戰爭只是剛剛開始，契約者們已經在猙獰的黑夜中露出殘酷而冷漠的真正面容。

黎楚的瞳孔中倒映出遠方的火光，略微收縮。

他回過頭，露出熟悉的惡劣笑容：「我的王正在戰鬥。我或許不能與他並肩在最前線面對戰火，但我至少可以試著——陰死那個赤王。」

8

無淚之城的設備在電磁脈衝的強大破壞力下暫時失去了作用。其儲存裝置群則由於首領的要求，配備了非常強大而笨重的防護設備，因而倖免於難。

雖然此刻沒有電流供給，使得這些設備暫時只能當作擺設，但至少裡面保存的成千上萬資料——或者說靈魂，仍完好無損。

幾分鐘後，無淚之城的備用電源開啟了，最低限度的電流優先流入了這些設備，以供處理器檢查是否有資料丟失。

在電流的供應下，博伊德恢復了意識。

與還是人類時完全不同，保存在電子設備中的資料只要沒有被清空或損壞，再次通電運行後還會保持上一秒的狀態。

如果不是內建的電子時鐘，博伊德幾乎以為斷電這件事根本沒發生過，但現在他產生了幾分鐘的意識空檔，不由得思考：外界發生了什麼？

他不是黎楚，無法通過與外界交流的數據控制外面的設備，只能通過零星的數據進行一些猜測。

恰巧正在此時，黎楚使用SgrA的備用通訊系統，連接上了無淚之城的周邊伺服器。文森特還在上空如達摩克利斯之劍一般高懸，隨時有可能再次用EMP毀滅掉現在脆弱的通訊。黎楚沒有多餘的時間可以浪費，連接到無淚之城後直接使用能力滲透進去，毫無阻礙地尋找到了博伊德博士。

為防止通訊中斷，黎楚使用了從米蘭達處獲得的能力，而與博伊德博士建立起了精神連結。

黎楚率先說道：「博伊德博士，你還好嗎？是否有受到損傷？」

博伊德很快回答道：「謝謝，我沒有大礙。能否請問一下，外界是否發生了什麼變故？」

黎楚帶著歉意道：「哦，很抱歉，因為工作人員的失誤，我們有一條主要線路被燒斷了，暫時只能用備用電源。」

博伊德遲疑片刻：「只是電路被斷了一條嗎？」

黎楚十分肯定地回答：「是的，沒有什麼事，請放心，我們會很快搞定的。」

窗外天色深沉如淵。雪白的電光無聲無息蜿蜒，割裂了半邊天空。

光芒在黎楚側臉上一照而過。

事情越是緊張，他的語氣反而越發輕鬆：「博伊德博士，其實我今天來找你，是有一件事想與你商量。」

博伊德友善地回覆：「請說吧，黎楚先生。很抱歉我不能違規地提供關於白塔的情報，不過作為朋友，我仍然很樂意和你共同探討別的問題。」

「博伊德博士，你考慮過為什麼我們在這裡耗費大量的資金架設如此多的記憶體嗎？」

博伊德沉默了片刻，試探道：「是的，不瞞你說，這些天我已經思考過很多遍了。但我猜測，你們的目的應當不止是紀念我們這些早該消失的人吧……」

「沒有關係，請盡情說出你的猜測。」黎楚道，「我絕沒有惡意。」

博伊德沉吟道：「我當然相信你沒有惡意，以你的能力，能完全掌握我們這些『死者』的生殺大權……如果有所冒犯我很抱歉，但我確實有想過，你們是否出於從我們身上獲取情報的考量，才會收集這麼多的……『靈魂』呢？」

「你的猜測非常合理。」黎楚緩緩道，「不過，很高興我從沒有這麼想過。」

兩人沉默了片刻，博伊德陷入思索當中。

黎楚接著說道：「我還沒有告訴你我的身分吧，博伊德博士，其實我原本是一名組織覆滅、流浪在外的契約者，後來被一名普通人類收留。他教會了我很多東西，包括如何笑，如何欣賞食物，還有如何真正地過日子……

「後來我很榮幸受到東區之王的邀請，加入了王系組織 SgrA，再次找到了組織。我原本不想再參與異能世界的紛爭，但我最終選擇了跟隨白王陛下，並且至今為這個選擇感到慶幸。」

「想必這位白王陛下，相當具有人格魅力和領袖氣質。」

「他確實很厲害。」黎楚笑了笑，「但更吸引我的是他的……自我毀滅的傾向。」

博伊德緩緩吸了口氣。

「他本質上是個悲觀的王。他看見自己領土上有太多黑暗面，他從很小的時候即位，就開始建立他的王系組織SgrA，這個名字代表著深不可測、卻又充滿束縛的力量。

「他的理想……不，他的行為準則是建立一個異能世界的規則，讓善者善終，讓惡者服罪，還有讓那些不知天高地厚的契約者們，全都知道哪怕沒有公德這種東西，也會有一個規則，可以維護最基本的正義。

「這個目標很遠……太遠了，我的王已經做好了被世界背叛的準備，他將自己的紋章交給了我。博伊德博士，你出身白塔，應該知道這意味著什麼。」

博伊德喃喃道：「那位陛下……對你如此信任嗎？」

黎楚嘆了口氣，說道：「我沒有力量，博伊德博士，如你所見，我只是一個研究者、駭客、情報人員……或者隨便什麼，我沒有正面作戰的力量，無法給與陛下太多支持。可是我遇見了無淚之城，在這裡我看見了成千上萬的靈魂，死者的靈魂。你可能不知道我有多麼欣喜，這些靈魂讓我看見了一種可能性。」

博伊德不得不被他憂鬱而又悲憫的話語吸引和震撼，問道：「你……究竟想要做什麼？」

黎楚緩緩道：「博士，您聽說過『拉普拉斯的惡魔』嗎？」

博伊德沉默了片刻，道：「你想實現拉普拉斯的惡魔？不，這不可能……熱力學第二定律早已否定了這個猜想，且不說根本不存在能夠推定一切粒子狀態的智慧生物……」

「博士，你誤會了，我並非真的要實現一個無所不知的惡魔，那是狂想家才會做的事。我想要在場所有靈魂共同實現的是另一件偉業——用數據堆砌出一個真實世界的鏡面投影，然後讓這裡的所有靈魂，都能自由地生活在其中，我稱之為『右世界』。

「我會盡我所能地創造一切條件，讓左右兩個世界擁有溝通的管道，如果真的能做到……那麼從今往後，人類將不再有真正的『死亡』，取而代之的，不過是從左世界遷入右世界，繼續生活下去。」

博伊德博士陷入了沉思，一時難以回答這種石破天驚的假想。

黎楚早已預料到他的反應，繼續用平緩的語調說道：「博伊德博士，我始終思考，契約者存在的意義何在？如果我們擁有比平凡人類更強大的超凡能力，我們能夠做到在他們看來不可思議的事情，為什麼不用這種不可思議的力量，實現一個偉大的奇蹟呢？

「如果我們成功，那麼從此以後世上再也不會有悲傷的生離死別，不會有陰陽隔閡，不會產生永遠無法彌補的創傷——死亡；即便我們失敗，最糟糕的結果，也不過是右世界完全崩毀，而我作為世界數據的支柱陷入腦死，在這裡的靈魂們繼續回到這裡沉睡，等待下一個揭開靈魂之謎的智者前來……」

「我曾經被稱為異能界的瘋子……」博伊德苦笑道，「但現在看來，你才是真正的狂想者，和真正的偉人。」

他嘆息道：「我同意幫助你。感情告訴我，像這樣的事業值得我拚盡所有，又何況我如今一無所有；理智亦告訴我，第一王權者願意全權託付的人，值得我的信任。告訴我，你需要我做什麼？」

黎楚說道：「在來之前，我思考過很多方案。博伊德博士，我想，我們不需要從零開始，一個原子一個原子地構建世界，只要集合這裡所有靈魂的神經網路計算能力，按照他們集合起來的記憶，先構建一個真實世界的副本。」

「我必須提醒你，這裡的靈魂死亡的時間相差很多。」博伊德道，「我沒有與他們交流的條件，不過以你的能力應當可以集合所有靈魂的記憶。我們用記憶構建出的世界可能會和真實世界有相當大的差異。」

黎楚補充說明道：「所以，我會負責與你們溝通，隨時修正副本與真實世界有所差異的地方。唯有最接近真實的鏡面世界，才會有最大機率存在更長的時間……」

「我明白。」博伊德迅速反應過來，「我會在這裡盡可能地統籌出所有不確定的因子，等待你給出真實數據的。」

「非常感謝。」黎楚笑了笑，若有所指地說道，「博伊德博士，如果沒有您的幫助，也許我還需要走很多彎路。現在我會開始將所有靈魂連結在一起，希望這些龐大的計算數據能夠模擬出最基本的雛形——對了，如果暫時不能構建太大區域，那麼不妨從S市開始，這正是我所在的地方。」

幾分鐘後，黎楚睜開雙眼，揉了揉自己的太陽穴，保持著與博伊德博士的精神連結，只是暫時停止了通話。

管家巴里特躬身道：「先生，您吩咐的事情已經辦好了。」

「謝謝，巴里特。」黎楚站起身，檢視著室內的布置，「哦，對了，巴里特，你就留在隔壁吧，我會需要你的。」

9

北庭花園，A座，γ乙太隔離室內。

晏明央……不，華風，已經等待了幾個小時。他知道外面亂成了什麼樣子，亦知道白王沈修與赤王文森特開戰了。

雙王交鋒的動靜實在太過駭人，根本不容忽視。

他卻毫不關心，只是安然坐在沙發上。他穿著剪裁得體的西裝，上衣口袋夾了一支鋼筆，顯得彬彬有禮，貴族氣息十足。

黎楚在門外，通過能力檢視了華風的身體特徵，基本上與晏明央一模一樣，即使從微小的數據層面開始分析，也完全分辨不出那具身體裡的是一名契約者的靈魂。

塔利昂跟在黎楚身後隨行保護。

黎楚偏過臉，低聲道：「你知道嗎？我原以為華風是故意讓我看出破綻，然後他還有後手對付我，不過現在我發現，他太過依賴自己的情報了。」

他微微勾起嘴角，心中不乏嘲弄地想：華風回來「過去」之前，想必做過全面的準備工作，除了我的能力和意外重生以外，他可以說是算無遺策。

有著龐大的情報支持，這就是先知先覺的優勢，只可惜，他也太依賴這項優勢了，殊不知，事情發展早已經與他經歷過的「歷史」有了偏差……至少，在他原本的歷史當中，晏明央或許成為了異能世界的邊緣人士；但在這個世界，晏明央在王雨婷的保護下，根本沒有接觸過其他契約者。

塔利昂不明所以，但知道黎楚心中有全盤的打算。

他正想跟著黎楚走進去，卻被攔在門外。

「你在門外等著。」

塔利昂與黎楚深琥珀色的眼眸對視片刻，說道：「我必須保證你的安全。」

無論從何種角度來講，黎楚作為沈修的共生者，都不應該在這種時候冒險。

然而黎楚淡淡道：「我命令你等在這裡。就算沈修在這裡，他也會要求你聽從我的命令。」

「即使陛下站在這裡命令我，我也會優先保護你的安全。」塔利昂面無表情地說道，「我不會讓你獨自面對一名懷有殺意的敵人。」

塔利昂以為黎楚會表現出更強硬的命令態度，沒想到黎楚卻聳了聳肩，說道：「所以這就是為什麼我們每次都要吵架？」

沒錯，從黎楚最開始私自逃出去，到後面用變著花樣地挑戰沈修的權威，塔利昂作為白王麾下的最強戰將，幾乎每一次都和他意見相悖。兩人總是針鋒相對，誰也不肯讓步。

到了現在也沒有例外。

黎楚兩手插在口袋中，靠在門外，慵懶道：「這次我就不和你吵了。」

他閉上雙眼，穿梭精神連結提供的通道，進入了一片空白的虛擬世界當中。

黎楚：「博伊德博士，所有人都準備好了嗎？」

博伊德：「是的，這裡總計有三千二百萬餘靈魂，我們能夠通過內部電子網路直接進行數據交換和集群式計算，剛才我已經預置了十萬個二十面骰，三百萬個六面骰，以應對一般情況下的隨機參數——我們隨時可以開始了。」

黎楚：「謝謝，從我現在的情況開始吧。我會將初始數據傳輸過去。」

黎楚在上百萬個記憶存儲細胞當中檢閱，將自己的記憶編譯成為特殊數據，藉由精神連結通道傳輸過去。

從一支鋼筆握在手上的觸感開始，到一年前獨屬於自己的研究室，然後是伊卡洛斯基地的生活區到整個基地構造和規模，然後是每一個或並肩作戰過或匆匆一瞥的人類……

是的，我仍是伊卡洛斯基地的一名研究人員。

黎楚緩緩睜開虛擬的雙眼，看見眼前的空白驟然崛起一道道牆面，無數數據碎片拼合而起，凌空盤旋飛舞，組成記憶中的形狀。

他的雙眼所到之處，世界從一片平坦開始凹凸起伏，伊卡洛斯基地拔地而起，空氣開始填充一無所有的世界。繼而是色彩從一切的中心跳躍而出，將原先的蒼白鍍上記憶中的顏色。

紛繁的細小聲音在耳畔響起，黎楚聽見腳步聲，回頭時看見一張熟悉的面容打著招呼，與自己擦肩而過。

黎楚在走廊中快步行走，一切與當初毫無分別。他推開門，看見自己桌上放著的日曆，那是 GIGANTIC 襲擊伊卡洛斯的當天。

——不，沒有襲擊，沒有華風。

黎楚告訴自己。

這個世界沒有華風出現，米蘭達因為意外死亡了，而 GIGANTIC 還不知道黎楚的存在，如果按照這個事實發展下去……

下一刻，時間的流逝忽然停滯。

空氣中每一顆細小微粒都懸浮在那裡，彷彿被按下了暫停鍵。

博伊德：「等等。黎楚先生，發生了什麼，我們接收到的資料產生了自我矛盾。」

黎楚：「也許我的情報出現了點問題。你知道人的認知和世界的本質總是有所偏差。」

博伊德：「抱歉，但是我們的十萬枚二十面骰已經告罄，如果繼續加入隨機變數，可能會使虛擬世界極度不穩定。」

黎楚：「沒有關係，博伊德博士。我做過準備了，請稍等片刻，我會解決這些數據上的小偏差。」

博伊德：「當然，我們相信你可以辦到。這裡的時間將會暫時停止，直到數據足夠我們繼續構建下去。

黎楚：「謝謝你們的信任，我會盡快回來。」

黎楚行走在時間停止的奇妙虛擬世界當中，隨著空間膨脹，這裡不再局限於一個伊卡洛斯基地，逐漸構建出半個S市和大部分與自己相關的人們；而同樣的，隨著空間的擴大，時間的流逝也不可避免。

在這個沒有華風「回來」的世界，GIGANTIC與SgrA相安無事。黎楚作為伊卡洛斯的頂尖契約者之一，獲得了亞當等人的擁戴。

一次意外之下，黎楚得知了紅皇后米蘭達的情報，作為一名契約者，他產生了吞噬米蘭達能力的想法。

他藉著一次意外作為契機，殺死了伊卡洛斯的原首領馬越拉，一躍成為伊卡洛斯基地的領袖。以此為跳板，黎楚接觸了GIGANTIC，和赤王文森特。

——虛擬世界的演算到此戛然而止。

黎楚額上冒出些許冷汗，瞳孔劇烈地收縮又擴張，博伊德光驟然停止。他喘著氣，看見自己仍站在北庭花園的A座。

——那是假的，那些是假的，只是一種已經被歷史排除了的可能性而已。

黎楚告訴自己。

他在喘息中看到塔利昂檢查了自己的生命徵象，等慢慢緩過氣來，便擺了擺手道：

「我……沒事。最後一層準備……已經完成了。」

幾分鐘後。

γ乙太隔離室的門發出一聲輕響，電子鎖和傳統鎖同時打開了。

黎楚走了進來，身後門鎖自動關上。

他溫和地說道：「久等了吧，小央，抱歉，今天事情太多，只能委屈你一個人在這裡了。」

屬於晏明央的面孔浮現靦腆的笑容，站起身說道：「真不好意思，早知道你這麼忙，我……我還是不來打擾了。」

「不，沒事了。」黎楚雲淡風輕地說道，「坐吧，沒有什麼值得緊張的大事。外面雖然看起來可怕，不過，很快就會停息。」

華風帶著恰到好處的笑容，掩蓋了內心快速閃動的思緒。

窗外風雨如晦，被赤王文森特摧毀的供電系統至今沒有完全復原，室內一片昏暗。

誰都知道，兩位王正在天空中進行最後決戰。

也許未來百年的格局，就會在下一分鐘敲定；也或許很快某一位王在戰鬥中意外死亡，王者體內的γ乙太會擴散而出，殺死方圓數千公里的契約者們。

但此時此刻，兩人卻在極為緩和的氣氛當中聊起天來。

「巴里特，來兩杯紅茶。小央喜歡祁山紅茶。」黎楚吩咐道。

管家先生領命端來兩杯熱茶。

黎楚與華風相對而坐，說道：「說起來，小央，很久沒有這樣跟你聊天了，從什麼時候開始——是從你不用再假扮我的共生者開始的吧？」

華風心中一跳，不動聲色地回道：「啊，有時候覺得時間過得很慢，有時候卻一不當心就過去了，連當時的記憶都開始變得模糊。」

彷彿感慨了很多，實則毫無內容。

他拿起茶杯，與黎楚對視一笑，悠然地啜了一口。

華風：晏明央果然是他放出的誘餌！他假死脫身之前，應該就把真正的共生者看管在SgrA了，再讓晏明央裝出失去記憶的假象，混入別的組織……白王沈修還公開表示庇護，將他放在「愛人」的位置上……果然在這個時期開始，他就已經控制了白王的共生者嗎？

黎楚：他果然不知道我真正的共生者是誰。這麼說，在原本的歷史裡，晏明央沒有暴露，伊卡洛斯基地沒有出現危機，我的能力也沒有外洩——然後呢，然後發生了什麼？會使得白塔不惜啟動命輪計畫，送華風回來殺了我？

10

天空中一片陰霾。

黑主教的銀白色月光籠蓋著這座城市，而在月光之上，兩道人影衝破這層保護，直直升入高空。

赤王文森特置身在電流中，強大的能量離子化了他身邊的雲霧，高壓電流擊穿了稀薄的空氣，在黑色天幕割裂出一道道閃電的灼痕。

沈修在一片極光中露出身形，黑色外套因先前的戰鬥被徹底分解。他在半空站定，神色森然。

「怎麼不繼續了？」文森特猖狂地笑道，「開你的小型黑洞啊！你不是第一王權嗎？就這麼被動不還手？」

沈修青金色的雙眼淡淡掃過底下的S市，這座如今一片漆黑的城市隱現在夜晚的霧氣之後，被兩名王者踩在腳底。

文森特冷哼一聲，微微張開五指，強大電流磁場散發出青白色冰冷光芒。

「呵——哈哈哈哈——你說我身負王權卻在濫用？」文森特翻過手掌，掌心裡的電磁軌道炮逐漸收斂光芒，蓄勢待發，「那你又如何，身負第一王權，連痛快淋漓地打一場都不敢！華風說你除了引力牽引的用法，還可以控制光和蜷曲空間，還能變速時間和開黑洞，怎麼不來啊？」

沈修漠然道：「你廢話太多了。」

博伊德光爆發而出，蕩開了重重雲層。

文森特猛地倒飛出去，在百米遠處停下退勢，繼而借助地磁，如巨大的蝙蝠一般滑翔起來。

赤王張狂道：「還是這麼點雕蟲小技，你想纏鬥到天荒地老嗎？來啊！你不就是顧及底下那些螻蟻，我幫你殺個乾淨如何？」

下一刻，文森特雙手合攏，博伊德光以他為中心爆發，一瞬間如同第二個太陽般耀目。他的能力場鋪展出去，使得整個地磁與其共振，發出諧波。

地面上的儀器都開始不安地晃動起來。

文森特正在以一己之力，倒轉整個磁場，將南北極徹底反轉。

他嘴角猶帶著興奮的笑容，下一秒卻猝不及防，被出現在身前的沈修擊飛出去。

文森特在半空中劃出一道扭曲的波紋，所過的空間將其動作鎖定在慢速狀態。

沈修冷冷道：「自尋死路。」

文森特展開雙臂，以巨大的能量場強行破解禁錮，再次與沈修對峙：「哈，哈哈！和華風說的一模一樣，你開始動真格了嗎？下一次就是核融合是嗎？」

沈修一言不發，冷峻的面容再次消失在極光之中。

周圍的雲霧朝著更高空飄散，大氣層開始向外散逸，文森特抬起頭，感受到重力的改變，瞳仁因為興奮而收縮。

他手上微微一動，超高溫等離子護罩將他全身包裹，追著沈修，向更高空飛去。

此刻地面上，黑暗的城市一片嘈雜。

驚恐、絕望、瘋狂等等情緒如同實質，空氣沉重得使人窒息，到處都是一無所知的凡人倉皇逃竄。

北庭花園一片寂靜，雷射網將所有人阻擋在外。

A座中，黎楚正在與華風安然地對話。

有一瞬間，所有人都感到恐怖的失重感，這感覺突如其來，又很快消失。

華風手上的茶杯微微一晃，最終穩住了。

「啊，抱歉，光顧著聊天了。」黎楚站起身道，「容我離開兩分鐘。巴里特，今天到的草莓呢，拼個果盤過來給小央嘗嘗吧。」

管家先生沉穩地應是，推開門走了出去。

黎楚伸了個懶腰，對華風短暫地笑了笑，轉過身向浴室走去。

他轉過身，眼中散發出淡漠的博伊德光。

黎楚：「博伊德博士，我這裡有新的情報。」

博伊德：「稍等，我們正在構建。」

靈魂侵襲

虛擬世界正在擴展出新的領土，它如同一個真正的、初生的世界，由一片混沌，被無數靈魂的手揉捏出應有的形狀。

博伊德與黎楚，以及這裡成千上萬的靈魂，都有種正在成為神明的感覺。

唯有神明，才能握有這種權柄。

黎楚吐出一口氣，一邊從容地行走，一邊將心神沉浸於虛擬世界的走向。

在那個平行宇宙般的世界中，「黎楚」成為伊卡洛斯基地的領袖，並且與赤王文森特進行了長期的交流。暗中殺死馬越拉之後，他又收買了鬼行人凱林，繼而在頂級間諜亞當的幫助下，殺死了紅皇后米蘭達。

由於文森特始終沒有感情，米蘭達的死甚至沒有引起太大波瀾，「黎楚」成功撬動了 GIGANTIC 在異能界的地位，不久後帶領伊卡洛斯成為南境數一數二的勢力。

獲得了米蘭達的精神連結能力，「黎楚」對伊卡洛斯的掌控力進一步加強，發現了一名來自 SgrA 的間諜，找到了一名怪異的共生者——羅蘭。

——白王的共生者羅蘭！

與此同時。

華風半合著眼，輕輕啜下最後一口紅茶，無聲無息地放下茶盞。

室內並無第三人在，華風穩坐在原處，親眼看著黎楚站起身，走到一半時頓了頓，似乎走神了。

華風眼神毫無波瀾，穩定而乾燥的右手從西裝口袋取出鋼筆，略微把玩著調整了一個細微的角度，輕輕旋動筆套。

一顆直徑小於半毫米的鋼珠，從鋼筆頂端發射而出。

它只用彈指的工夫，直直沒入了黎楚的後頸。

空心鋼珠中填充的液體神經毒素一旦進入人體，將迅速擴散，麻痺目標的神經，在三十秒內癱瘓其呼吸系統，最終導致窒息死亡。

這一切無聲無息，華風甚至連一個微小的表情也沒有露出。

黎楚的步伐微微一頓，有些迷茫地行走了兩步，他回過頭對華風笑了笑，接著又邁出步子想繼續走下去——

下一刻，他茫然捂著自己的脖子，抽搐著跌倒在地。

華風坐在原地，安靜地默數了三十秒，他的目光平靜無神，看著黎楚的胸膛停止起伏。

我的任務完成了……華風心中想道。

他此時才站起身，慢慢走到黎楚身邊，伸手探了探呼吸——依然沒有。

以職業特工的素養，華風從左手的手表中小心地抽出一把削鐵如泥的軟刀，向著黎楚的脖頸輕輕劃去——

他驚愕地看到這一刀劃到了空處。

就在這一秒，無數藍光雷射憑空閃現，包圍成一道青色巨網，將華風牢牢籠罩。

華風雙眼瞇起，被困在雷射網中，掃視著整個房間。

赤炎之手塔利昂漠然走進房間，這雷射網毫無疑問是他的手筆。

華風冷靜地伸手確認黎楚的屍體，接著他看到自己的手直直穿過黎楚，彷彿摸到了一層幻影。

「全像投影……」華風喃喃道。

室內響起了掌聲。

黎楚跟著塔利昂從門外走了進來，慢吞吞鼓掌道：「是啊真聰明，這就是全像投影。」

他隨手一揮，地上那具屍體忽地一閃，爆炸了。

華風無處可躲，直直站在雷射網內，看著自己腳下的屍體變成五顏六色的禮花，紛紛炸開成花的形狀，消失在半空中。

華風知道自己被一段影像愚弄了，但他不明白的是：「赤王毀了所有電路，你們根本沒有設備可以使用，怎麼可能製造全像投影？」

黎楚又鼓起掌來，坐回沙發上，嘲諷道：「是啊，你明明已經做好萬全準備，為了限制我的能力，事先還讓克制我的赤王毀掉所有電路——沒有電，沒有設備，連通訊都沒有，我的能力還能有什麼作用？」

華風沉默著站在他對面。

黎楚露出了極度囂張的笑容，說道：「所以我看不起你們這種流水線生產的特工，光知道怎麼識別全像投影的設備？你恐怕沒見識過塔利昂的雷射光束投射加上我的即時演算，用米蘭達的精神連結結合在一起——世界上還有比這更強大的組合嗎？類比一段全像影像連我一半的ＣＰＵ都占用不了……哦不對，忘記我是人類不是電腦了。」

「所以，我仍然低估了你……」華風略一停頓，「黎楚閣下。」

為了對付黎楚，他可說是機關算盡。

最初拯救米蘭達，就是為了借用GIGANTIC的力量追殺黎楚；而後黎楚神祕脫身，華風不得不慫恿米蘭達等人一路追進白王領地；米蘭達死後，華風更是設計使赤王恢復感情，引走白王。

此時他已經毫無退路，不得不親自現身動手，卻萬萬沒有料到，在電子設備被毀的情況下，黎楚還有這種手段。

黎楚將兩條長腿放在茶桌上，笑容略收，懶洋洋道：「我知道你一定做過不少準備，如果我問你『為什麼追殺我』這種問題，肯定連一個字的有效資訊都得不到。」

華風一言不發，默默將手中軟刀放回手表的暗格。他從容地整理自己的外套，安靜地等待死亡降臨。

我不會死在這裡，不過造成身死的假象應當可以迷惑對手……華風心中盤算。

但他的一切設想，被黎楚的下一句話徹底擊碎。

黎楚一手支著下巴，露出一抹華風萬分熟悉的邪惡笑容。

「華風先生，想不到在這個世界，也能再次相見，呵，當真令人無限感慨。我們也算是老熟人了，我是不是該邀請你，參加我的——又一次登基儀式呢？」

11

黑暗籠蓋了一切，遠處的嘈雜聲響模糊成一片毫無意義的嗡鳴聲。

時間的流逝緩慢得令人焦躁萬分。

黎楚愜意地坐在沙發上，一手支著額頭，歪頭看了過來，他的半邊面容被黑暗掩蓋，帶著深不可測的神祕氣息。

華風站在雷射網中，思緒驚疑不定。

不可能，第一、第二王權合力才打破了時間的屏障，黎楚不可能和我一樣是從未來回到這裡！

黎楚饒有興趣地說道：「不聊了？剛才不是聊得很盡興嗎？看在你讓我玩得這麼開心的分上，我不妨回答你一個問題好了。你一定有一件非常、非常想知道的事情……如果我沒有猜錯的話。」

他的聲音彷彿惡魔的低語，又帶著漫不經心的味道。

華風沉默了片刻，開口時聲音乾澀：「你是……怎樣『回來』的？」

黎楚笑了一聲，緩緩道：「果然是生產出來的人，問的問題一點意思也沒有。連這也猜不到嗎？那我就告訴你好了。

「很簡單，第五王權，本身就帶著突破時間界限的力量。前四個王把物質世界瓜分得差不多了，第五王權嘛……我喜歡叫它『旋力』，你只要知道它能夠忽視空間和時間，將同一個靈魂隨意地轉移就可以了。」

華風握緊拳頭，額上微微冒出冷汗，彷彿明白了什麼。

「所以幾個月前的伊卡洛斯基地覆滅戰，你的身體死亡後沒有精神內核遺留，是因為已經轉移走了……不，不對，第五王座還未降臨，你現在怎麼可能有王權力量？」

「不，我死了啊。」黎楚懶洋洋道，「那個『我』已經死得不能再死，但是未來身為王的我就順便轉移了一下靈魂，所以另一個『我』又活在這裡了。」

華風瞳孔收縮，心口彷彿被巨石壓抑著，一片沉重。

黎楚嘴角帶著慵懶的笑意，雲淡風輕地說道：「你看，那四個王瓜分這個世界的領地，但我不需要參加，我還有成千上萬、數之不盡的平行宇宙可以玩！白塔把你送回來阻止我登基？隨便你，我在這個世界本來就是來玩的。」

他起身打開窗戶，此時天邊一片漆黑，雷雲將黑主教喚起的月光層層遮蔽。

「白王沈修和赤王文森特正在交手吧——你很得意自己能挑動文森特來找碴嗎？我也很得意呢。等沈修身死，SgrA 落入我的手裡，東區就是隨我娛樂的地方。白王實在太麻煩了，只要他在，總是阻止我——」

「這就是你再一次——」華風冷冷打斷道，「殺死白王的理由嗎？」

靈魂侵襲

黎楚背對著華風，驟然失聲。

他的身形徹底凝固，呼吸停滯，如同被抽走靈魂的泥塑雕像般僵硬在那裡。

許久後，黎楚才恢復了呼吸的力氣，他竭力維持不露出破綻，將僵直的雙手用力扣在窗臺上，用大得可怕的力道掩蓋了自己的戰慄。

「殺死白王。」

新的數據透過精神連結，進入虛擬的空間。

土地從空白的虛無處憑空出現，天空像被神明潑上了顏色，按下停止鍵的世界再次開始運轉。

在那段歷史當中——

伊卡洛斯基地的領袖黎楚因為精神連結能力，發現了白王的共生者羅蘭，策劃出一個驚人的計畫。

他聯合赤王文森特與SgrA敵對，在第五王座降臨之前，使用GIGANTIC王系組織的資源，在地下打造出一座γ乙太絕緣基地，然後，殺了羅蘭。

白王殞落。

第一王座散發出的γ乙太擴散而出，幾乎殺死了東區所有的契約者，最終被一名有繼承權的契約者重新收攏。

異能界在三天內失去了近三分之一的人口，這場災難難以隱藏，真相全然赤裸地呈現在凡人眼中。

四月六日，第五王座降臨，黎楚早已有所準備，與赤王文森特合縱連橫，用殺戮確保了自己第一繼承人的地位，順利即位。

成為人稱「靈王」的第五位王者。

有人說，睿智過人故稱「靈」；又有人說，按照華夏古語的用法，極知鬼神故稱「靈」；另有人說，只是取「零」的諧音而已。

靈王黎楚即位，迅速取代了根基不穩的新任第一王權者，成為東區實際上的掌權人。

他的行為造成大量契約者死亡，亦違反了異能界王者間的公約，白塔召集王者決議，決定剝奪他的王權。

西境隱王主動放棄投票權，不參與任何事務；南區赤王文森特素來肆意妄為，不置可否；東區的王更是新任即位；一時間，唯有北境的教皇泰倫斯與白塔共同對抗靈王黎楚。

然而黎楚的可怕之處在於，他的能力全然未知。「旋力」是超脫於自然界四大基礎力之外的神祕作用力，更兼之黎楚本人殺伐果決、睿智驚人，竟然在對抗中隱隱成長，迅速與東區、北區二王分庭抗禮，不落下風。

此時異能界極為凋敝，失去大量人口後，白塔亦失去了重要的骨幹。最終經過泰倫斯的首肯，白塔開啟了塵封已久、所有人都以為不會再見到的命輪計畫——將能夠獨立於物質存在意識的契約者華風送回一切未然之前，阻止黎楚登基，務求在最初階段就將靈王扼殺。

虛擬世界的發展令所有人猝不及防，博伊德博士竭力停止這宿命般的歷史車輪滾滾前行，然而終究螳臂當車。

博伊德：「這就是你的『右世界』？黎楚閣下……不，靈王陛下，愚弄我們這些死者，有意義嗎？」

黎楚喃喃道：「我不知道……沒有沈修，我會變成這樣嗎？如果沒有愛過他，我會是這樣的……『靈王』嗎？」

這世界彷彿拼圖一般，當最後一片碎片被安放在正確的位置上時，一切都被賦予了生命，每一處都是命運的斧鑿精心雕刻而出，天衣無縫、絕無破綻可言。

死者的亡魂發出喜悅的鳴聲，紛紛湧入進去。

按照預先設置過的那樣，他們等待世界中原住民的死亡，然後進入他們的身體，取代這個生命，而獲得右世界的新生。

這如同一場盛大的宴席，每個客人都獲得了自己的外衣，他們經過休息，代替那些虛擬的死者開始了嶄新的人生。

這世界像是熔爐一般容納了虛擬和真實，生者和亡魂，裹挾著所有人的意志繼續運行下去。

不再需要左世界的資料了，這個世界完成了完美的自洽，只需要十萬枚二十面骰和三百萬枚六面骰就可以繼續按照規則走下去。

黎楚的意志如同創世的神明，在這個數據的世界裡無所不能。

他走過SgrA的外牆，看見裡面物是人非。

這個世界裡，早已死去的沈修只留下一個毫無意義的名字，SgrA分離四散，塔利昂等人仍舊堅守在原處，貫徹著沈修的意志。

東區已成靈王的天下，黎楚走到靈王面前，而後者全然看不見他。

他看著自己曾經萬分熟悉的樣貌，看著自己古井無波的表情，許久後，微微笑了笑：「這裡大概……不需要我。」

黎楚上前一步，眼中放射出博伊德光。他伸手握住靈王的咽喉，看見代表生命的金色數據在自己掌中被碾成碎片。

他與自己對視，親眼看著自己深深的琥珀色眼睛略微擴散，繼而化為一片空茫。

靈王的影像被完全捏碎了，化為金色的資料流程，裹挾著一道代表王者的精神內核懸浮在原處。

黎楚揮了揮手，將這些數據挫骨揚灰，連同γ乙太一起。

他低聲道：「沈修死了，你還活著幹什麼？」

右世界的靈王殞落了。

黎楚走在街道上，從腳底下樹葉被踩碎的細微聲響，到耳邊微風傳來的喁喁細語，都與真實的世界一般無二。

一道灰色的資料流程掠過黎楚的身邊，他化為一個中年男子的形象，深深彎下腰，對黎楚說道：「我知道是您，您一定就是策劃了這個世界的人！謝謝！我真的不知道該怎樣表達……我的感激！我從沒想過，死後真的可以到像天國一樣的地方來──我沒有想過我還可以活著，還可以看見聽見，可以再多看看這個世界……」

黎楚淡淡笑了笑道：「不用謝我。你們才是這個世界的基石，這裡的一切，都依靠你們的神經網路演算而出。走吧，去找你的身體吧，不必管我。」

男子不知所措，紅著眼眶咬牙道：「我看見了……我……我們其實都已經知道，您就是……靈王陛下。」

黎楚腳步微微一頓。

12

黎楚半闔下雙眼，疲憊道：「是，我就是這一切災難的起源。這個『右世界』其實就是發生過的歷史，哈哈，我騙了博伊德博士，他還以為這是個烏托邦——而我只是用演算來達成自己的目的而已。」

數百道還未找到軀體的亡魂安靜地陳列在他面前，繼而是上千、上萬，這些靈魂默默聚集，靈魂思索時偶爾閃現的微光像銀河中恆星的光芒。

黎楚看著他們，彷彿看見自己成為靈王時，無辜受到牽連而死的人們。他站在原處，淡淡道：「我應該不會再來『右世界』了，抱歉。但是我答應過博伊德博士，會盡我所能，連接兩個世界，讓你們可以和真正的生者對話、相見，和一起生活，這一點我不會食言。」

那名男子說道：「陛下，您或許曾經做錯了，可是……您也賜予了我們新生。」

他單膝跪在黎楚面前，誠懇地說道：「如果您是王，我願意作為您的臣民。這絕非為了報恩或者別的什麼，而是我心甘情願，想要為您的宏願而奉獻出我微薄的力量。

「過去的一切我不曾經歷，靈王造成過的災難現在也未曾真實地發生。我只知道，

靈魂侵襲

當我因為車禍躺在手術室裡兩天兩夜，每天都被死亡的恐懼折磨、被痛苦的知覺折磨時，我痛徹心扉，我祈禱過上帝出現，我懇請所有路過的神明解救我的痛苦，我想死……可我捨不得我的家人、我的一切。而現在我又站在了大地上，我完好無缺，我不會再受到疾病和意外的痛苦，我也不會再因為死亡而恐懼。

「當我意識到我們再也不必面對死亡，我真的不知道該怎樣做……才能感謝這種奇蹟的出現。我不會再失去一切，也不會再失去任何一個家人，我知道人死亡以後可以去哪裡，那種安心是連神明都無法賜予的東西。我想要……奉您為我的王，您支撐起了這個跨越生死的國度，是當之無愧的靈王陛下。」

黎楚茫然後退了一步，靈魂們靜靜看著他。

有人問道：「陛下，您還會再現那種災難嗎？」

黎楚下意識道：「不，不會，我不想那麼做。」

在他眼前一閃而逝的，是沈修淡漠又從容的神情——

恍惚間，就彷彿是沈修的靈魂站在茫茫人海當中，依然是那麼熟悉的眉眼和身形，向他發問道：「你會為了權柄，為了力量，而不擇手段嗎？」

黎楚道：「我不想要那種東西。」

「你會濫用你的力量和你的智慧，罔顧他人的意願嗎？」

「不，我不會。」

「你宣誓尊重你的子民，維護你的正義，忠於你的信仰嗎？」

「我宣誓。」

那一刻沈修微微笑了笑，與黎楚隔著熙熙攘攘的人潮，他的目光中是沈修看著愛人的眼神，亦是一位王者看著另一位王的眼神。

黎楚茫然走進人群中，所過之處，所有靈魂都在歡呼。

「靈王陛下——」

「靈王陛下萬歲！永生國度萬歲！」

黎楚走過去，像摩西走過紅海，靈魂的海洋為他讓出道路，路上的生者向他致意，死者為他鞠躬，彷彿整個世界都在慶賀王者的登基。

「沈修人呢？」黎楚穿行其間，看見人群裡站著一名神祕的老人深深地望過來。

老者與黎楚對視許久，黎楚說道：「博伊德博士。」

博伊德拄著枴杖，不苟言笑的臉上緊蹙著眉頭，許久後說道：「靈王陛下，有些事即便從沒有發生過，我們也不能不引以為鑑。白塔送華風回來後改變了一切，不代表以後的左世界不會向著原來的歷史那樣發展，而這卻可能取決於您的一念之間。」

黎楚道：「我明白。」

博伊德摘了帽子，露出灰白的髮鬢，他直視著黎楚的面容，向他躬身行禮。

「希望您始終記得今天說過的話，不要忘記右世界的子民們。」

黎楚離開了右世界。

靈魂侵襲

他仍站在北庭花園的A座中，面對著黑沉沉的天色，而身後是受困的華風。左世界仍然危如累卵，一觸即發。

但黎楚心中已經全無陰霾，他看著自己手上戴著沈修的紋章，想道：我要接他回來。

「吶，如果我忽然想說我改邪歸正了，不想和你們繼續玩無聊的魔王和勇者、邪惡和正義的遊戲——」黎楚忽然道，「你感覺如何？」

華風冷冷道：「抱歉，靈王陛下。對你而言都是遊戲，但對我而言，那些年的血與火都歷歷在目，你親手抹掉的生命和親口承認的罪行，我沒有資格忘記，更沒有資格原諒。我來到這裡只為一個任務，那就是殺死你；我沒有你的睿智和雄辯，所以我被教會了一件事——永遠不要以個人觀點來揣度或更改自己的任務。」

黎楚回過頭，華風的眼神中帶著忌憚和猜疑。

——白塔出身的特工啊。

「哼，和我想的一樣，你們這種人沒有談判的餘地。」黎楚道，「正好，我也懶得花時間改變你的觀點。」

他心中嘆息，緩緩走到華風面前，俯下身說道：「對了，你知道這是什麼嗎？這是白王的紋章，代表他不在的時候——或者他死了以後，他的一切我都有權繼承，包括SgrA和下一任王即位前的東區的話語權。說起來我真該謝謝你，若不是你，我還不知道能找什麼樣的藉口挑起沈修和文森特之間的事端呢。」

華風冷冷道：「你不會得逞。我既然敢冒險解除赤王的伴生狀態，當然也有把握控制住事態的發展。如果赤王勝了，他會按照約定殺了你，再與SgrA和白王和解；而如果赤王敗了，以白王陛下的心性，絕不會就這樣殺死另一位王者，導致γ乙太擴散。」

「你錯了。」黎楚聲音驀然沉緩下來，如惡魔的低語，「你怎麼知道，文森特一定會遵守約定？如果我說文森特和我才是合作關係，無論在那個平行宇宙，還是在這個世界裡，一切都在我預料之中呢？」

華風睜大雙眼，一個極其可怕的念頭驟然絞碎了他所有的僥倖想法。

「哼，就是你想的那樣。」黎楚勾起嘴角，「如果沒有文森特幫助，我勢單力薄，怎麼搶得到第五王座？早在奪取伊卡洛斯之前，我早已與文森特達成了共識。你以為他是因為米蘭達的緣故來跟白王對峙嗎？錯了，呵，米蘭達只不過是他送來給我殺的而已，羅先生在利用完以後也已經死啦——你不知道嗎？他死了以後就再也沒有人能找到文森特的共生者了，而我和文森特保持著精神連結，隨時隨地都可以重演歷史——哦，或許對你們而言，叫做『重蹈覆轍』。」

華風死死地看著黎楚，默不作聲。

他回想起回到過去之前的那些日子裡，這位靈王陛下就是如此輕描淡寫地偷天換日，他翻手為雲覆手為雨，連超脫於異能組織的白塔和兩位王者都難以抵抗他的侵襲。

在一切開始之前，華風受到重任，曾一遍一遍地練習如何殺死伊卡洛斯基地的、尚未即位的黎楚，他有過二十餘個計畫，最後選擇了GIGANTIC的道路，附身莫風然後暗殺黎楚——他做到了。

只可惜萬萬沒有料到，連這都已經在靈王的鼓掌之中。

傳說中的靈王，從無名之輩步步為營坐上第五王座的強者，就是如此可怕的存在？可怕。

他還是人類嗎？

這世上還有什麼方法可以殺死他？

「塔利昂，看著他。」黎楚轉過身，慢條斯理地說道，「我不希望他這麼快就死了，畢竟也算是難得的老朋友。」

「是。」

黎楚有如看著被關在籠中的珍奇野獸一般，看著雷射網中的華風，最後堪稱溫和地笑了笑，轉身黎開。

管家巴里特緊隨其後，而塔利昂則留了下來。

黎楚心中想道：你也算是暗中做了我這麼久的敵人，可別讓我失望啊，華風……

華風安靜地站在牢籠內，看著SgrA的元老塔利昂。

他們說話時並未避開過塔利昂，一切祕辛後者都聽在耳裡，卻毫無表示。

華風不得不思考，黎楚確實有在白王死後掌控SgrA的能力，然而在解決這個問題之前，還有另一件事。

他低下頭，眼中是極淡的博伊德光。

黎楚身後，管家巴里特抬起頭來。

這條漫長的走廊，此刻只有兩人行走在黑暗裡。

黎楚極輕極緩地嘆了口氣。

來了……不枉我準備了這麼久。

下一刻，「巴里特」暴起發難，以極其精準俐落的手法，用堅硬的肘部重擊黎楚後頸。

千鈞一髮之際，黎楚卻彷彿早有預料，側身閃過這一次偷襲。

昏暗的走廊內只有兩人急促的呼吸聲，他們在狹窄的空間裡頃刻間對了十幾招，彼此心中都立時明白，自己沒有在短時間內解決對手的能力。

屋內塔利昂已然察覺不對，猛地踹門而出。

華風當機立斷，立刻退出巴里特的身體。

離開之前，他清晰地看見黎楚輕蔑和嘲弄的神情，還有他眼中的博伊德光。

這一刻，兩人心中同時閃過一個念頭。

華風：不，必須阻止這一切。我的世界與這個世界，仇恨和戰火……

黎楚：傻逼上當了，我不用再假死一次了。

13

幾分鐘後，黎楚疲憊地站在走廊上。

管家巴里特眼中的博伊德光散去了，迷茫地問道：「先生？」

黎楚擺了擺手。

塔利昂檢查完晏明央的狀態，回來報告道：「華風確實離開了。」

黎楚哼笑了一聲，表示自己聽到了。

塔利昂依然板著臉道：「黎楚先生，雖然有驚無險，但我還是得說，你的行動冒了太大風險。」

黎楚翻了個白眼，隨便找了個地方坐下。

……完全沒有了剛才靈王陛下那高深莫測的黑暗氣場。

管家巴里特端著蠟燭，像忠實的燈架一樣站在旁邊。

塔利昂咳了一聲：「我們接下來該做什麼？」

黎楚道：「等。」

他等著塔利昂像電影裡英雄身邊那些不明就裡的小跟班一樣問「等什麼」，可惜塔利昂先生顯然沒有多餘的好奇心。

兩人互相看了一會兒，塔利昂連睫毛都沒有動過一下。

黎楚挫敗道：「等華風幹掉赤王。」

塔利昂道：「恕我直言，以華風的能力，雖然性命無虞，但也不太可能擊殺赤王文森特。」

說到這裡黎楚就興奮了一些，擺了擺手道：「但是華風有能力幹掉赤王的共生者啊。」

「據我所知，GIGANTIC的共生者都在一名空間系契約者的空間內，沒有赤王許可，誰都無法接觸。」

「現在不是許可的問題。」黎楚懶洋洋道，「赤王又不是真傻。我敢打賭，他會像那個世界一樣，先把空間契約者幹掉，讓所有共生者永遠困在那個空間裡，誰也找不到。」

「那個世界？」塔利昂指出了這個奇怪的詞。

黎楚無法解釋自己憑空創造的虛擬「右世界」，咳了一聲，轉移話題道：「文森特很放心，以為這些共生者都安全了。確實，空間能力者死亡，誰也進不去，除了一個人——」

半晌無人答話，黎楚向左看，巴里特面無表情；向右看，塔利昂一言不發。

「——就是華風啦。」他鬱悶地公布答案。

塔利昂思索了片刻，說道：「華風只能附身普通人的身體，例如晏明央、巴里特……如果那個空間是GIGANTIC專門用以安置共生者，華風又怎麼能夠進去？」

「華風附身晏明央，代表他可以附身失去契約者的共生者。」黎楚緩緩道，「你們不要忘記GIGANTIC裡，也是有死去的契約者。米蘭達的共生者我不敢說，但是凱林的共生者，絕對就在那個空間裡。凱林死後，華風毫無疑問，可以使用他的共生者的身體。」

「即便如此，華風也未必會進入空間，殺死赤王的共生者。」

「不，他絕對不會殺的。」黎楚瞪大眼睛道，「他為什麼要殺赤王？他要阻止的不就是王者死後的γ乙太擴散嗎？為了阻止我和文森特陰死……沈修，咳，他肯定會對赤王的共生者做手腳，比如暫時昏迷失去戰鬥力之類。因為他知道沈修絕對不會失去理智，不可能殺死文森特。」

塔利昂沉默半晌，看著累癱在地上毫無形象的黎楚，面無表情地說道：「也許我該稱讚一下這個計畫。你確實如華風所說，陰險狡獪，是個危險人物。」

黎楚嘴角一抽，聳了聳肩：「好吧，這就是你第一次誇我。死木頭臉。」

凌晨時分，黎楚帶著後勤組修復了一部分電路。核心電路因為防護措施和嚴格接地，並沒有太多問題，但其他部分受損太過嚴重，與其說是修復，不如說是拆了電路臨時重組了一個供電系統。

北庭花園重新亮起，彷彿成為了一座燈塔，一些人守在了外面。或許是認為SgrA

有足夠的威懾力，所以想要尋求庇護；又或許僅僅是人們尋求光明的本能，彷彿光明就能夠代表救贖一般。

而事實也確實如此，這一帶十分平靜。

天色很暗，也已經暗了太久，時間的流逝似乎不再重要。偶爾有人仰頭看向天空，會想道：哪位王將獲得最終的勝利？又或者哪位王會身死當場，帶著這裡成千上萬的契約者為其陪葬？

北庭花園，A座，白色會議室。

「相信沈修。」黎楚淡淡道。

SgrA的成員們肅然站在他面前，沒有一人出聲，亦沒有一人懷疑這一點。

白王很快就會回來。

「散了吧，戰鬥組的成員有空就去門口維護秩序。」黎楚最後吩咐道。他站起身整理衣領，言行舉止雍容大氣，絲毫不遜於白王陛下。

似乎沈修不在時，他就暫時丟掉了輕鬆恣肆的一面，展現出了平常不被需要的、威嚴果敢的另一面，代替沈修成為SgrA的中流砥柱。

有時馬可隱隱然感覺到，這種改變並不止發生在黎楚一人身上，沈修偶然間也會表現出黎楚式的玩世不恭。

他正想到這件事，忽然見黎楚轉過來問道：「馬可，薩拉的情況怎麼樣了？」

「薩拉脫離危險了，現在情況良好，不過可能會有心理上的應激症狀，所以還得再躺幾天，安妮一直守著她——治療師說，愛侶的陪伴會幫助她度過這幾天。」

黎楚嚴肅的臉上微微露出笑意：「讓她們好好休息一會兒吧，事情會結束的，一切都會過去。」

隔日，正午時分。

黑主教召喚的月光漸漸淡薄，唯有黑暗仍然籠罩，將陽光阻擋在巨大的帷幕之外。時間的流逝已經難以察覺。

塔利昂始終隨行保護黎楚，問道：「過了這麼久了，華風是否看穿你的謊言，並沒有按照設想中那樣，暗算赤王的共生者？」

黎楚坐在沙發上，有些走神地看著窗外，回道：「一切計畫都有其不可避免的漏洞，和難以解決的偏差，我能保證的只有執行過程中自己的操作不會出錯而已。至於華風，他現在可能正在尋求白塔或者教皇的幫助，或者正在那個空間裡找赤王的共生者——我不知道，這城市沒有電，我沒有辦法搜尋他的蹤跡。

「我只知道如果一切順利，華風在那個時間緩慢的空間，可能會需要一定的時間；而文森特現在伴生關係還沒恢復，暫時不會被共生者影響。還有——我還知道沈修還沒有死，因為我還記得他。」

等到下午時，昏迷過去的晏明央醒來了。

他仍不知道究竟發生了什麼事，黎楚與他寒暄了兩句以後，將他安置在安全的房間。

不久後，許多組織都恢復了供電和通訊，急於和 SgrA 進行聯絡。原先負責這方面事務的薩拉還在病床上，黎楚不得不找到薩拉的兩個副手，讓他們暫代。

有些異能組織在外趁火打劫，趁著這段末日般的時間胡作非為，不過他們的所作所為都被馬可盡收眼底，等沈修回來，結局可想而知。

黎楚有條不紊地安排一切，最後守在Z座裡。

外面的天幕忽然間開始收縮。銀白的月光逐漸飄落，向著伊莎貝拉送來的水晶球彙聚。

片刻後，黎楚收到一條來自黑主教的通訊。

「我的能力已經到達極限，無法再支撐了，抱歉。陛下得勝歸來後，請告訴他我已盡力。」

黎楚嘗試回覆，然而對方關閉了通訊。

他看著桌上的水晶球，它已經完全透明，也失去了強大力量蘊含其中的神祕感。

黎楚想了想，問身後的塔利昂道：「你知道這個東西到底是做什麼用的嗎？」

塔利昂點頭道：「它叫做什一律，decimation。」

「如果我沒有理解錯誤，這個名字意味著『十一抽殺』？」

塔利昂沉吟道：「這是黑主教的能力。在黑幕之下，由她來進行抉擇，每十人當中擇一人必死，籠蓋一百萬人的話，就有十萬人會死。」

黎楚驚疑道：「相當可怕的能力，這就是為何她被稱為黑主教？」

「黑主教與陛下早年就有書信來往，她的能力雖然駭人，但本性純善，是駐區的主教之一。她曾經欠過陛下人情，答應會在必要時使用能力。她的能力從未真的殺死任何一個人，反而挽救了很多性命。」

黎楚挑眉道：「說下去。」

「在能力持續期間，沒有抽中的人不會死亡，如果受到致死傷害，能力結束後，就會恢復成生前模樣。不過，這樣救一個人，就必須反過來有九個人要死——死亡和復生的指標永遠是有定額的，月光正是代表著死亡的名額。黑主教每一次使用能力都是為了救人，所以經常打開能力籠罩死刑場，用處決死刑犯的方式積累死亡的名額，這才是她被稱為黑主教的原因。」

黎楚終於明白了這顆水晶球的重量。

沈修說過，黑主教是一切無可挽回之前，最後一重保險。

或許在異能世界中，有人使用「保護」的能力來殺人，如葉霖；也就有人用「殺戮」的能力來拯救，如黑主教。

黎楚心想：這座城市有百萬餘人，上千名契約者，如果發生不幸，這些死者都會由她挽救嗎？她的死亡名額會有上萬之眾嗎？恐怕不會。

他想起伊莎貝拉的話語，心裡隱隱明白，也許這個能力的盡頭，就是黑主教的死亡。而她早已有所準備，故而將伊莎貝拉提前送了回來，交由 SgrA 照顧。

水晶球中的月光消逝，也就沒有了以死亡換取生命的額度。

沈修臨行前設下的最後救贖，已經耗盡。

靈魂侵襲

14

天已亮了。

守候多時，終於等來了黎明，陽光輝煌明亮，照在這片熟悉的土地上。

黑主教的能力結束，地面上許多人的狀態彷彿跳回到一切開始之前，他們茫然地發現自己丟失了一天的時間，渾然不知這段時間已經發生了太多事情。

黎楚的心漸漸沉寂，他站在Z座門口，手上戴著沈修的紋章。

這兩天，他不吃不睡，除了維持SgrA運轉，在等待的過程中他唯有不斷完善右世界，才能轉移自己的注意力。

塔利昂安靜地站在他背後，一如默默站在白王身後。

電力在眾人的努力下逐漸恢復，黎楚暫時占用了SgrA的部分伺服器，將右世界的一切努力地連接到正常世界。

此時此刻。

伊莎貝拉坐在黎楚的電腦前，回頭看向馬可，而後者鼓勵地點了點頭。

她打開了電腦，看見漫長的讀取條顯示道：「正在掃地……正在安放光明女神蝶……」

上面的顯示五花八門，不斷跳轉道：「正在踹飛永遠裝不對的組合家具……正在把番茄醬均勻塗抹在番茄派上……」

伊莎貝拉被逗得咯咯笑了起來，回過頭去看馬可。

等她再回過頭時，發現程式讀取完畢，螢幕上是熟悉的街道，物是人非的街道。

伊莎貝拉的小手努力地放在鍵盤上，這對她來說稍嫌高了點。她按動鍵盤，螢幕顯示的視角跟著她的操作慢慢移動、搖晃，就像人在行走時的動作一樣。

伊莎貝拉走到熟悉的轉角，走到一條昏暗的小巷前。

她停下了動作，不知所措地再次回過頭，想從馬可那裡獲得指示。

馬可卻已經離開了，將門輕輕帶上，然後等在門外。

伊莎貝拉看著電腦螢幕，眼前是她年幼時見過的公寓。如果它現在還在，就該像這樣老舊，不過依然溫馨。

她不敢繼續下去了，迷茫地站著。

直到一個熟悉的聲音從旁邊的耳機裡傳出來。

有人喊道：「貝拉，戴上耳機。乖。」

從耳機傳出來的聲音不甚明顯，但是伊莎貝拉對這聲音太過熟悉了，立刻明白了他在說什麼。

伊莎貝拉愣愣地戴上耳機，喃喃道：「爸爸？」

搖。

抬高了，她下意識地低頭看向地面——沒想到電腦捕捉到了她的動作，鏡頭跟著向下一

畫面一下子動了起來，伊莎貝拉小小地驚叫了一聲。眼前的畫面一晃，彷彿被人

有人應道。

「哎。」

伊莎貝拉看到了父親仰頭看向她。

戴維將小女兒放在肩上，像所有父親都會做的那樣。他仰頭看向貝拉——儘管小公主的形象是這個虛擬世界臨時模擬出來的數據，但他對貝拉來說，又何嘗不是虛幻的數據呢？

「貝拉，我們回家。」

伊莎貝拉看著螢幕中屬於父親的臉，從他仰頭看著自己時額頭上的紋路，到他呼喚著自己時溫暖的感覺。

「爸爸——」貝拉喊道。

小公主呆呆看著戴維將「自己」放在肩上，看著畫面上下晃動，小巷盡頭處那扇熟悉的紅色木門，清晰得像從記憶裡跳脫而出的影子。

那是很多很多年前，戴維身懷契約者的能力，過著普通人的平凡日子。沒有人找到他們，也沒有什麼驚天動地的大事，也沒有多少值得回憶的東西，就只有溫吞如水的日子。

伊莎貝拉曾經搖搖晃晃，倚著那扇門，她剛學會了走路，摔得一身是灰，哭得泣不成聲，委屈地呼喚：「爸爸——」

「哎。」戴維應道。

模糊的年幼回憶和眼前清晰的畫面漸漸重合，又氤氳了。

伊莎貝拉伏在螢幕前，就像年幼時伏在父親背上那樣，委屈又安心地哭了起來。

安妮躺在薩拉身邊，替她將被子拉了拉。

薩拉迷迷糊糊地醒來了。她斷斷續續睡了很久，之前的事情幾乎耗盡她的體力，她每次醒來，只來得及說幾句話，又很快昏睡過去。

薩拉先前將白化症轉移到自己身上，此刻她的及肩長髮變成了白色，眼睛則是晶瑩的淡粉色，她在潔白的病床上坐起來，帶著一種虛弱又純淨的美麗。

安妮的眼眶仍有些紅，為她倒了一杯水：「那種時候妳還逞什麼強……幸好最後熬了過來。妳有沒有想過，萬一真的出事，陛下和黎楚會有多內疚？」

「對不起啦……」薩拉小聲地說道，「我那時候沒想那麼多，只是覺得，自己好像還能幫陛下做些什麼，然後我就做了……」

「妳現在還好嗎？把病轉移到我身上吧，妳身體虛弱的時候，還是不要——」

她們始終解除著伴生狀態，安妮希望替薩拉分擔一些病痛。

「不要啦！」薩拉搖頭拒絕了。

安妮正想說些什麼，薩拉道：「其實我覺得……我變好看了哎。」

她抱住安妮，帶著一點羞澀地說：「我變白了，我終於比親愛的白了呢，而且粉紅色的眼睛，粉紅色！我感覺變成了超級稀有的美人兒……」

安妮無奈地戳了戳愛人的額頭：「妳啊……」

薩拉抱著安妮傻笑了好一段時間，問道：「啊，我睡了很久吧，糊裡糊塗的。頭兒呢？他又救了我一命，我想我大概連下輩子都得跟著他了……」

安妮遲疑了一瞬，而她的遲疑被薩拉察覺到了。

「是不是……出了什麼事？」

安妮拍著薩拉的後背，輕緩地說道：「陛下出去後還沒有回來。他和赤王在千米以上的高空，通訊也被切斷了，馬可和情報組暫時找不到他們的位置……」

她說完後，兩人靜了片刻，氣氛有些沉重。

「陛下……會回來的。」薩拉說道，「他答應過的事情，從來不曾爽約。他可是陛下啊……黎楚呢？塔利昂呢？外面情況怎麼樣了？」

薩拉掙扎著下床，腳步踉蹌。

安妮扶住她，薩拉帶著歉意親了親安妮的臉頰，說道：「親愛的，我是SgrA的首席治療師兼後勤組的組長，這種時候，理應和他們站在一起……」

「我知道。」安妮說道，「我不會阻止妳，不過，總得有人替妳拿著點滴。」

「黎楚先生，晚餐時間到了。」巴里特將晚餐放在黎楚身邊的桌子上。

他們把沙發茶几全部搬到黎楚身邊，生怕他一直站在那裡，不肯休息。

黎楚自嘲道：「我又不是望夫石。」擺了擺手，回去了。

雖然他這麼說，但是所有人都知道他心裡不好受。

塔利昂與馬可交換了很多情報，將伊莎貝拉和戴維的消息告訴了黎楚，希望右世界成功和真實世界接壤的好消息能改善他的心情。

塔利昂將一支手機放到黎楚面前。他似乎從沒做過這類事，有些無措地板著臉道：「你的……老朋友想向你問好。」

黎楚看向手機，螢幕上猛地跳出一個人的臉，大喊道：「Surprise!」

他嚇了一跳，險些把手機摔了出去。

「大河？」

螢幕裡，何思哲尷尬地把頭縮回去，正經地對著螢幕說道：「對不起啦，我就說這方法不行嘛……大神大神大神！好久沒見啦！」

黎楚愣了片刻，看著他，一時不知該說什麼。

何思哲撓了撓鼻子，笑嘻嘻道：「千萬別怪我啊黎大神，我是有那麼點笨啦，在右世界裡傻乎乎轉了半天才搞懂這是怎麼回事，哈哈哈我去了我租的公寓才想起來！還以為我重生了！主角待遇了！結果整個世界都重生了哎！」

「你在那邊……還好嗎？」

何思哲雙手合十向他拜了拜：「不能更好啊！靈王陛下！這棟公寓都是我的了，從租客變成了所有人啊啊啊啊！而且這世界畫ＣＧ，搞ＩＴ簡直神一樣地方便，我感覺我要成為新世界的卡密……哦不第一駭客了！黎大神！大神你來看嗎？我新畫的圖很棒喔哈哈哈哈！」

黎楚被這傻樂的傢伙逗得微微一笑，點頭道：「我會去看看的。」

「去哪兒？」沈修道。

黎楚愣了片刻，回頭四望。

沈修的身影出現在身後，疲憊地長出了一口氣，不滿道：「我才離開一天多，你又想跟誰跑了？」

黎楚：「……」

對視片刻，沈修施施然坐到黎楚旁邊，張開懷抱，等他撲過來感動地抱住自己。

兩秒後，黎楚憤怒地撲過去，額頭撞在沈修下巴上，兩人都有點懵。

沈修連忙道：「等……」

黎楚怒道：「說好很快就回來，你他媽去了這麼久！這件事老子跟你沒完！」

沈修疲倦地仰倒下去，把黎楚拉進懷裡，嘴角帶著一抹輕鬆的笑意，低聲道：「我先睡一會兒，你別亂跑……」

黎楚喋喋不休、憤憤不平，撲在沈修身上一頓亂撓。

沈修一頓嗯嗯嗯地應付，攬著黎楚，呼吸漸漸綿長起來。黎楚又鬧脾氣了一會兒，

情不自禁地打了個哈欠。

過了幾秒，兩人就這麼窩在沙發上，睡著了。

15

一個月後。

臨近新年，街道上滿是喜慶的氣氛。

大概發生在這個國家的一切糾紛，都可以用極其簡單的四個字解決：大過年的。

大過年的，一切都在往好的方向發展。

S市遭受到的重創修復了大半，在那個被稱為「銀月之夜」的日子裡，雙王對戰波及到的人絕大部分都被黑主教挽救。他們失去了記憶，不過更多的普通人則全然能記起那個奇怪的日子——異能者首次大批出現，顛覆所有人世界觀的日子。

不過這不用黎楚操心了，白塔和特組倒是每天都在糾結怎麼處理S市上百萬的普通人。

用精神催眠的話材料完全不夠，代價也很大，而且這些人散播的消息早已傳遍了全球……簡直愁死人。

沈修親自主持了兩次會議，主要是負責管理這片區域的特組七隊過來討論。

黎楚在中庭玩的時候——他作為白王的愛人也算是個大名人了——一陣風吹來，將他的鴨舌帽吹跑了，在半空中轉著飛了十幾米遠。

黎楚哼著歌去追帽子，接著眼睜睜看見一隻不認識的小狗跑了過來，一口叼住了帽子。

小狗是隻哈士奇，不過還小得很，圓嘟嘟的屁股配著四隻小短腿，艱難地咬住黎楚的帽子，跌跌撞撞地跑回來，放到黎楚面前。牠抬起頭，期待地看著黎楚。

黎楚蹲下來，認真地看著這隻小狗。

「亞當——」鐘曉呼喚道。

他從遠處走了過來，看見黎楚，打招呼道：「黎楚閣下。」

黎楚笑了笑：「好久不見。鐘曉，這是你的狗？」

鐘曉將小哈士奇抱在懷裡，小狗對著黎楚嗷嗚嗷嗚直叫。

「啊，介紹一下，牠是亞當。亞當．朗曼的亞當。」

後來黎楚常常和鐘曉出去玩，打著遛狗的名義，帶著亞當跑遍了很多地方。

以至於發展到後來，沈修非常不滿：「你的禮服選好了沒有？正事都解決了？**不要在我不知道的時候去我不知道的地方，跟別人玩。**」

黎楚笑嘻嘻道：「那你陪我玩啊？」

「……過來。」

他從床上爬過去道：「起來玩？」

過了一會兒。

黎楚怒道：「不是讓你玩我……操，快點啦！」

熱鬧充實的新年就這麼過去了。

黎楚就像放寒假的學生，瘋狂地玩了一個月，連帶沈修都有些荒廢公務，令SgrA眾人跌破眼鏡。

薩拉就在兩個最高領導人的帶領下開心地度假去了，寄回來不少世界各地的明信片，還有她和安妮兩人的合照——她得了白化症後和安妮更恩愛了，後者簡直要把她藏在手心裡護著。

看得出來，薩拉十分滿意自己現在的形象，她居然在法國當了一陣子模特兒，帶動了一波追求黑白對比、病弱純淨形象的審美風潮。

三月底的時候，關於右世界的事情已經準備妥當。

黎楚用白王當後臺，用SgrA作為背景，隨便開了間公司，以新時代4D網遊的名義將右世界公布在陽光下。

遊戲發行需要審核，這個過程可快可慢，不過對於黎楚這樣的後臺來說，不用關心也可以迅速通過。

比較煩惱的就是特組了。因為右世界裡有太多亡魂，對真實世界的活人來說簡直就像借屍還魂，或者時髦一點說——穿越到NPC身上。

又一件顛覆世界觀的事情就這麼發生了。

很快他們還會發現，人類的死亡已經在理論上被消滅了。肉體死亡後，靈魂仍有歸處，那就是那個被稱為右世界的地方，而右世界的人稱它為「靈王的神國」。

第一個在右世界找到已故親人的人，瘋狂地調查這個遊戲，他收集了一切自己能找到的情報，聯絡了很多媒體，引起軒然大波。

沒有多久，右世界就成為人類史上最大的謎題，和最令人沉迷的遊戲——只是絕沒有人會指責這個遊戲。一如沒有人不畏懼死亡，不畏懼所愛之人的離去。

右世界的人氣迅速累積超過上億人次，越來越多人認為這是真神降下的神國，是上帝的伊甸園，亦是所有人死後將會回歸的樂土。

而赤王所帶來的創傷平復得相當快速。

華風讓文森特的共生者昏迷了三天時間，在伴生關係的作用下，赤王文森特也昏迷了——當時如果沒有沈修在場，他甚至可能直接死在高空中。

沈修將文森特帶回白塔，而白塔的顧問團用十多天時間成功地定位了一名合適的繼承者。赤王甦醒後，又回到了玩世不恭的狀態，白塔認為，他們有機會說服文森特主動退位。

另外，華風在此後消聲匿跡了一段時間，又與白塔進行了聯繫。

他仍未放棄自己的任務，在GIGANTIC失去希望以後，他回到白塔，希望暫時集合白塔和教皇的力量，和曾經的歷史一樣，先對抗和壓制黎楚的成長。

很可惜他失算了，因為白王沈修已經與白塔進行了深入的討論，最後成功說服白塔，收回了給予華風的任務。

華風不再肩負殺死靈王的責任，他在東區觀望了很長一段時間，最終沒有動手，而是消失在茫茫人海之中。

或許他也認可了沈修的說法，明白黎楚不會再成為那個滿手鮮血的靈王；又或許他僅僅是卸下重擔，覺得沒有必要再繼續下去了。

雖然如此，沈修還是頗為戒備，黎楚沒和他在一起的時間，沈修就會要求戰鬥組的成員隨行保護。

此外值得一提的是，塔利昂放假回老家去了，據說是為了相親。

黎楚難以置信：「他？相親？結婚？」

沈修沉重地點了點頭：「嗯，塔利昂的母親很想要孫子孫女，半個月內寄來了十七封信。我給塔利昂批了十個月的假期，希望他能準時回來。」

黎楚吐槽道：「又不是他生孩子，為什麼要十個月？」

沈修低聲道：「他得做好長期抗戰的準備……我就多批了幾個月。」

黎楚想了想，贊同地點了點頭，為塔利昂默哀了三秒鐘。

這麼一個硬邦邦木頭臉的契約者，居然也會被老媽逼著去相親結婚生孩子，想想還真是……笑死人啦！

結果沒多久，塔利昂相親的消息還沒傳來，薩拉那邊倒是先來了好消息。

薩拉和安妮決定要一個孩子。

她們在美國看了好一陣子精子庫，選了一名高智商亞裔男子的基因。他的精子將與安妮的卵細胞結合，然後植入薩拉的子宮中慢慢成長。

薩拉來信寫道：「哈哈哈哈，好想要一個男孩子啊！他會不會和我一樣是粉紅色眼睛啊，好想要一個粉紅色的兒子，教他去追老婆啊！要是生出來跟頭兒一樣帥，跟黎楚你一樣聰明，人生簡直完滿哈哈哈哈！」

她看起來徹底玩瘋了，安妮無奈地在後面附上長長兩頁信紙，詳細地說明了情況。

黎楚道：「喂，薩拉說，等兒子生下來，就認我們當乾爹。」

沈修嗯了一聲，抖了抖手上的報紙。

黎楚一腳踹了過去：「你幹嘛？我在跟你說話！萬一她兒子真的跟你一樣帥，跟我一樣聰明——算了後面這一條不太可能，那我幫忙養養也還可以啦。到時候我教他打網遊，虐菜鳥，畫CG，哼哼哼……」

沈修抓住他的腳，放在自己腹部暖著，心想：要不要告訴他，孩子的事情本來就是我建議薩拉的。

正想著，黎楚腳趾在沈修腹肌上撓了撓，慢慢伸下去，踩到了不好言說的地方。

沈修：「……」

他把報紙丟了，看向黎楚。

黎楚壞笑著把他挑逗起來，接著嗖一下跳起來跑了。

沈修被丟在沙發上，無奈地動了動腿略作遮掩。

……你給我等著。

一個月後，第五王座降臨前，黎楚和沈修雙雙消失了一段時間。

白王、隱王，以及教皇三人合力，使第五片γ乙太群在與地球相遇之前就形成了王座。

第五王權者即位的消息被白塔封鎖，暫時沒有公開。

黎楚歸來時，穿著白金交織的雙排釦禮服，雙肩上搭著深紅色祭披，手上拿著象徵性的短權杖，款款走向沈修。

沈修微微一笑，與他深深對望：「靈王陛下。」

黎楚隨手丟開權杖，從沈修手裡接過自己的鴨舌帽戴上，笑道：「喲，老白呀。」

眾人忍俊不禁，紛紛避開，把空間讓給這對戀人。

沈修笑著搖了搖頭，摸出了一個小盒子，深吸一口氣看向黎楚。

黎楚大驚失色道：「不！放著我來！」

沈修已經單膝跪地，準備把盒子打開。

黎楚在身上到處亂摸，須臾也摸出一個小盒子來，大喊道：「我來我來！沈修你嫁給我吧——」

——《靈魂侵襲04》完

——《靈魂侵襲04》全系列完

Side story

SOUL INVASION

靈魂侵襲

1

修是一隻遊蕩在基貝特平原的白獅。

牠出生在平原最大的獅群當中，有十六名成員。修的父親是獅群首領，母親則是其八名配偶之一——修不知道自己的母親是哪一個，牠出生後因為患有白化症，被排擠和嫌棄了。

身為首領的父親不缺乏子嗣，獅群也不需要一個渾身純白的異類。修在成年前的兩個月就被驅逐出去。

身為一頭雄獅，牠不能在其他獅群的領地範圍逗留，那會被視為挑釁。牠理想的歸處，應該是找到另一個獅群，擊敗牠們的首領，成為新的首領，和獅群的雌獅延續下一代；或者被其他雄獅就這麼殺死。

但修是一個異類。牠天生有著純白的皮毛，濃密雪白的鬃毛一直覆蓋到肩部；牠的鼻骨較長，耳朵略圓，四肢修長有力；假如沒有奇怪的毛色，修應當是相當有魅力的雄獅。

實際上，牠還是實力相當渾厚的雄獅，如果牠願意，或許在被驅逐的一年後就能夠殺回去，擊敗自己的父親，成為新的領袖。

但修不願意。

牠孤獨地遊蕩在平原邊緣，用銀藍色的雙眼安靜從容地看著這片土地，這片包容牠的降生卻不收留牠的土地。

2

黎是一隻在基貝特平原吃喝玩樂的黑豹。

牠出生時，牠的四個兄弟姐妹都帶著漂亮的黑環，只有牠是純黑色的豹子。牠的母親總是替牠舔毛，每天都在擔心牠的毛皮染上了什麼疾病。

不過除了毛色這一點，黎十分健康，十分聰明好學，十分活潑……有時也活潑過了頭。牠的兄弟姐妹，每一個都被黎壓著逗弄過，黎喜歡用智商上的壓倒性優勢欺負牠的兩個哥哥，兄弟三個經常在落葉堆裡滾成一團，讓做母親的操碎了心。

幼豹的生長週期比較久，大約在五歲時母親才會放牠們自己出去闖蕩。

黎在出生第三年的生日失去了母親，一群餓到極點的豺包圍了牠們，黎失去了家庭。牠是兄弟姐妹中水性最好的豹子，靠著淺淺的水流逃過了豺的追殺——也或者這些豺已經獵到了足夠的食物，不打算繼續浪費體力。

黎在那之後開始過起流浪的日子，牠的體能不如成年獵豹，論捕食能力也比不過領地上其他大型貓科動物——尤其是獅群，那些雌獅簡直喪心病狂，狩獵成功的機率幾乎能到四分之一。

不過，黎並不擔心，牠從不缺少食物，因為牠用智商傲視這片草原上的一切物種——嗯，黎是這麼想的。實際上，那些傻乎乎的草食性動物，確實總是一頭撞進牠的陷阱裡。

黑豹有時趴在樹上躲太陽，尾巴一搖一擺，琥珀色的貓眼百無聊賴地觀察草原上的獅群捕獵。牠偶爾會在樹上打個滾，蹭蹭牠油光滑亮的黑色毛皮，心裡有種淡淡的寂寞。

唉，高手寂寞。唉，那群傻逼。

3

修嗅到了有些奇異的味道。

牠繞著那棵樺木，身後垂下來的長尾悠悠掃動，將一排雜草蕩來蕩去。修在樺木底下嗅到了另一種貓科生物的氣味，那是一種聞起來相當高傲的生物，嗯，對方還在樹皮上留下了兩道爪印，似乎在這裡磨過爪子。

修仰頭看了看樹上，那寬闊的樹杈看起來相當舒服，留下味道的那傢伙應該在這裡睡過一場好覺……

應該是個小傢伙，豹子之類的……修心想。

這塊地方是修的地盤，獅子通常非常排斥其他雄獅，但對其他貓科生物就沒有那麼牴觸。修在原地轉了兩圈，又仔細地嗅了嗅，發現對方在牠的地盤上捕獵了，還獵到了一頭幼嫩的小鹿。

修暴躁地抬起爪子，在樹皮上也抓了兩道，須臾後，忽然起身抖了抖純白的鬃毛，在林地中小跑了起來。

4

黎將幼鹿拉扯到樹枝上，自己保持著微妙的平衡，邁著貓步走了過去，片刻後趴伏下來，開始認真地吃了起來。

牠兩隻爪子交疊，身後的尾巴左晃右晃，顯然心情很好。

……直到牠發現一隻白色雄獅慢慢走到了樹下。

黑豹和白獅，在樹上樹下，琥珀色和銀藍色的眼睛對視了一會兒。

黎瞇起了眼睛，從樹枝上站起來，威脅性地從喉嚨深處發出咕嚕咕嚕的驅逐聲。

修略有些意外，圍著這棵樹轉了一圈，牠又嗅到了黑豹身上的氣味，那種又凶又高傲，還帶著挑釁的味道。

很少有豹子敢對著獅子吼。這隻難得一見的黑豹，真是膽大包天。

修抖了抖渾圓的耳朵，忽然對牠產生了興趣。牠後退兩步，小跑著攀到樹上——獅子確實會爬樹，只是技藝不那麼精湛而已。

黎脖頸上的毛微微發炸，看著雄獅迅猛地撲到樹上，用爪子深深攀著樹幹，費力地爬到了最矮的枝椏上。這隻獅子在搞什麼鬼？

黎露出鋒銳的獠牙，壓低身子。

白獅很快接近了黑豹的攻擊範圍，牠們又對視了片刻。

黎發現對方至少有兩百公斤重，將近自己的三倍了……對貓科生物來說，這就是懸殊的實力差距。

強烈的危機感使得黎豎起了長而優雅的豹尾，向著枝椏的末端稍稍後退——伴隨著修不懷好意的逼近，黎漸漸後退，直到樹杈向下彎曲到一定的弧度。

兩隻大貓在同一根樹杈上低吼了一聲。

修有力的長尾甩在樹幹上，啪的一聲，將一片枝葉抖動下來。

黎的眼睛左右晃動，最後選中了最近的一根枝椏，尖銳的爪子略收，脊背弓起，跳——

嘩嘩一片樹葉的響動聲。

黑豹悲劇地腳下一滑，直直掉到底下厚厚的落葉裡頭，摔得暈頭轉向。

嗯，沒有腳滑悲劇過的大貓，貓生是不完滿的。

5

黎一瘸一拐，走到小溪邊喝水。

修慢悠悠地跟在後面，牠並不走到陽光充沛的溪邊，那會使牠感到不適。白獅就待在一旁的陰影下，悠哉地遠遠觀察著黑豹。

牠已經跟了兩天了，起初牠也不明白自己為什麼想跟著看這隻黑豹，可能是因為自己太無聊；或者說這隻豹子的毛皮太漂亮了，在陽光底下的反光簡直讓人心馳神往；又或許是這隻豹子太特別了，牠高傲從容的步伐，和其他大貓都不一樣。

而與此同時，黎則覺得毛骨悚然，背後的毛經常根根炸起。

牠的尾巴緩慢地晃動，光是聞氣味就知道那隻白獅還跟著自己，陰魂不散。

黎蜷著左前肢，就像傷到了骨頭完全不能沾地那樣，用其餘三條腿慢慢挪到溪邊，低下頭假裝喝水，同時眼睛左右亂轉。

陽光熾烈，草原的氣息遼闊又寂寥，遠處的草叢像海浪一般起伏，帶出悠揚的金色光斑。

黎瞇了瞇眼，抬起頭，驟然一弓脊背，像離弦的箭那樣飛速地竄了出去——

黑豹像一道黑色閃電，彈指間跨過了清淺的溪流，無聲無息地沒入不遠處的草叢中，牠四肢落地，跑動時脊背起伏的弧度迅捷又矯健，根本沒有受過任何傷。

白獅猝不及防，眼看著黑豹裝了兩天小可憐，忽然間一下子，就溜得沒影了。

……被騙了。

修尷尬地沉默了一會兒，從林中陰影處走了出來，陽光照得牠瞳孔緊縮。

牠抖了抖鬃毛，深深看了遠處黑色的小點一眼，黎很快消失在牠的視野裡。

6

第二年三月。

黎已經是成年的黑豹了，牠體型優美，每一寸弧線都像力與美的結合。隨著身軀的成熟，牠的捕獵能力在這片區域中數一數二，這一年年初，已經有雌豹受到吸引，發出沙啞的吼聲，向牠求歡。

黎拒絕了雌豹。

牠的年紀已經到了時候，不過，因為母親死得有些早，牠暫時還不懂得交配是個什麼樣的問題。

直到二月，黎開始躁動不安，喉嚨裡發癢，每天花大量的時間磨爪子玩獵物，還覺得心裡不爽。

黎開始順應本能，從喉嚨裡發出低吼聲了。這不會緩解牠的焦躁，不過倒是讓牠的嗓子好過很多。

最近牠不愛在樹上睡覺了，牠看上了一處清涼的岩洞，並不深，不過裡面有些岩石的表面光滑，有些則粗糙，但都非常涼爽。

靈魂侵襲

黎喜歡臥在裡面，貼著岩石磨蹭自己的毛皮，最近牠暴躁得都有些掉毛了。

最後黎趴在一塊圓石上，用下巴抵著一個小小的凸起，舒舒服服地磨蹭起來，貓科動物的本能在這種地方體現得淋漓盡致。下巴上被撓的感覺，讓黎瞇著眼睛，享受得耳朵都跟著動了起來。

修嗅著熟悉又陌生的味道走進來的時候，看見的就是黑豹舒服到不行的這副表情。

黑豹蜷成一團的姿勢，讓白獅瞬間回想起牠在樹下摔成一團的囧樣。

闊別半年，白獅發現自己又燃起了躍躍欲試的、想逗弄這隻高傲豹子的好奇感。

……嗯，尤其是牠看見自己後，忽然從樂不思蜀的表情嚇得直接炸毛的時候。

7

黎整個豹都不好了。

牠第一次覺得自己閱歷太淺，從母親那裡學到的又不夠多——也沒有人告訴牠，原來獅子的身手也可以很敏捷。

那隻奇怪的白獅已經跟了牠十天了！

黎爬到樹上過夜，那獅子就觀察一會兒，凡是有額外空地的樹牠就總有辦法跟著挪上去；黎下水，逃到河流另一邊去，那獅子就晃著尾巴跟著下水，用不慢的速度追在後面，老神在在地繼續跟；黎有時趁著牠獵食的時候偷溜，發揮出豹子每秒數十米的極限速度，明明已經溜得沒影了，沒過多久卻又發現自己被重新尾隨了。

這種無聊的追逃遊戲，向來只發生在大貓和獵物之間。

黎煩躁地發現自己扮演了獵物的角色。

尤其牠發現他們繞了基貝特草原半圈，又回到了最初的地盤。

黎已經被跟在後面的白獅刺激了太多次，再也沒有力氣時刻警戒牠了，加上草原的

靈魂侵襲

天氣越發熱了起來，牠焦躁地在林地裡小跑，最後找到了自己鍾愛的那處岩洞，一頭鑽了進去。

8

修發現黑豹又回到了牠的地方——一顆涼快的大型圓石上。

黑豹將自己環成一圈，頭埋在後腿中，優雅的長尾慢悠悠在臉旁晃動，驅逐那些褐色的小飛蟲。

修試著走過去，發現自己越來越不被放在眼裡了，黑豹已經知道牠並沒有惡意，於是只是抬了抬眼皮，又懨懨地闔上。

牠的這個狀態已經有一陣子了，從毛皮油亮的高傲豹子，變成了無精打采的小可憐——嗯，用獅子的體型來說牠確實挺小的。

修繞著黑豹走了兩圈，聽見黑豹的呼吸聲，牠快要睡著了。

……還真的一點都不怕了啊。

修跟著打了個哈欠，左右看了看，卻找不到可以休息的地方。牠將一隻前爪搭在圓石上，發現黑豹並無反應，便俐落地跳了上去。

修趴在圓石上，因為體型比較長，前爪只能恰恰擱在邊緣處。牠向右靠了靠，感覺到黑豹在旁邊悠長地呼吸，腹部一起一伏。

靈魂侵襲

牠看見黑豹半圓形的耳朵聳動了兩下，極有節奏地抖來抖去。
白獅的尾巴也隨著晃了晃。
修盯著那黑色的小耳朵，這與獅子的耳朵略有差別。
牠好奇地伸出舌頭舔了舔。

9

——那是一隻獅子……獅子……危險的獅子！

黎不斷在心裡重複。

黑豹奮力地支起尾巴，作出戒備的姿態，極力重新喚起自己的警戒心和攻擊性。

白獅卻老神在在地躺在旁邊，注意到黎掙扎著起身，便伸出前肢，按在黑豹的脊背上，把牠壓回石頭上。

論量級，獵豹絕非雄獅的敵手，黎被按回石頭上，喉嚨裡發出不滿的吼聲，牠亮出爪子，快要準備拚個你死我活了。

修便又湊過頭來，伸出充滿小刺的舌頭，舔了舔黑豹的耳朵。

黎的吼聲瞬間變回了咕嚕咕嚕的怪異聲音。

——該死的，牠很危險……牠是隻獅子……嗚嗚嗚好舒服……舔那裡舔那裡，啊好癢……

黎抖了抖耳朵，不由自主地伸長整個修長的身體，伸了個懶腰，從肉墊中伸出的尖銳爪子又莫名其妙地收了回去。

嗯，看來黑豹被伺候得太舒服了。

修好奇地看著牠咕嚕著瞇起眼睛，用自己濕潤的鼻子碰了碰黑豹的脖頸，接著伸出舌頭舔牠的下巴。

黎打了個激靈，被修按在牠脊背上的前肢一推，就軟綿綿地側著倒了過去——哦這隻該死的獅子，舌頭上的倒鉤好舒服好舒服……

修看見黑豹側著躺了，露出了軟綿綿看起來非常舒服的腹部，不由得拱了拱。

黎被碰到肚子的瞬間，半瞇著的琥珀色眼睛猛地睜大，貓科動物的本能教牠立刻清醒了過來，下意識地呼呼一爪子揮過去。

這一爪子打到雄獅的鬃毛裡，把修嚇了一跳。

黑豹嗖嗖地拍了牠這一爪，小肉墊裡伸出五根爪子直直對著牠，片刻後徹底回過神來，忙不迭翻身回來，把自己柔軟的腹部重新藏好。

修遺憾地理了理自己的鬃毛，慢悠悠在黑豹警惕的眼神中跳下圓石，若無其事地走了出去。

10

黎警惕地溜了半公里遠。

這兩天牠忙著跟雄獅追追逃逃，沒有閒暇追捕獵物，現在牠的胃裡，幾天前獵到的鹿肉已經逐漸消化完畢了，如果不想回去翻找自己以前藏起來的食物，還是得重新捕獵。

當牠追逐到一隻幼嫩的、罕見的小野豬後，還在慶幸今天運氣很好時，就不幸地發現，自己被幾隻饑餓的豺狼給包圍了。

豺，是黎並不陌生的敵人。獵豹的天敵並不多，其中就有豺，這是一種狡獪得令人厭惡的生物，黎始終記得自己在未成年時，險些命喪豺狼之口。

黑豹發現自己被包圍，警惕地四處觀望，這些豺雖然數量不多，卻極有經驗，將牠每一條可能逃出去的路線都看守住了。

黎琥珀色的眼睛漸漸收縮，牠將自己剛得到的獵物放到地上，然而這些貪婪的豺似乎並不打算放過目標更大的獵物，依然牢牢地盯著牠，等牠露出破綻。

黎厭惡被動，也厭惡被敵人圍追堵截。牠脊背弓起，微微蓄力，如一道黑色的閃電

靈魂侵襲

般竄了出去——

牠不打算逃跑，反而極其凶悍地衝向其中一頭母豺，憑藉貓科動物捕獵的本能和迅猛凶狠的動作，狠狠地咬住了對方的咽喉。

四周的豺立刻發出尖銳的嚎叫聲，牠們只在乎自己找到了黑豹的破綻，立刻從四面八方湧來，用牠們慣有的車輪式圍攻法，撲向黑豹。

但在戰場當中，又來了一名不速之客。

牠悠長又低沉的吼聲證實了牠的身分，這是一頭極其健壯的成年雄獅。

黎知道，是那個純白色的大傢伙。

11

豺群留下三具屍體和一地鮮血，最後發現這場戰鬥將得不償失，立刻鳥獸散了。

黎的脖子受了一些傷，血液順著黑色毛皮慢慢淌下來，落進草地。

白獅舔了舔牠的脖頸，就像替自己療傷那樣，仔細地清理牠的傷口。

黎琥珀色的眼睛看著白獅好一會兒，低低地吼了一聲，隨後後退兩步，消失在旁邊的草叢中。

修匍匐下來，漂亮的白色毛皮上都是血跡。牠嘴邊被撕裂了長長一道豁口，後肢也被豺偷襲造成了險些露出骨頭的傷口。

白獅安靜地看著黑豹消失在自己的視線裡，過了好一會兒後，撇過頭，疲憊地躺在地上。

牠傷得有些重，暫時不想動彈。

彷彿過了很久，又彷彿只有那麼一會兒，白獅在朦朧中感到周圍的動靜。

草叢裡，忽然又鑽出了早已離開的黑豹。

白獅回過頭，長長的尾巴慢慢掃動，銀藍色眼睛看著黑豹。

靈魂侵襲

黎叼著那隻小野豬，警惕地走近，放在修的面前。

鮮美食物的味道讓雄獅回過神來。

黎遲疑地繞著受傷的獅子走了一圈，不久後，低下頭嗅了嗅牠的傷口，小心地伸出舌頭，替牠舔舐起來。

12

草原的雨季，快要到來了。

岩洞裡越發清涼，修舒服地躺在黎的專用位置上，抖了抖鬃毛，炫耀似地教黎看見牠健壯的身軀。

牠的傷好得差不多了，這些日子過得很舒心，幾乎養出了幾斤肥肉來。

嗯，這幾天，白獅和黑豹這對有些奇異的組合，就躲在安靜的角落裡，互相舔舐對方的傷口。

黎的聰明程度教修大開眼界，牠只是出去溜達一圈，就能將那些愚蠢的獵物拖回來。

雄獅的胃口很好，有時吃掉大半隻獵物以後，會想：這似乎和在獅群裡的正常生活沒有太大區別，反正有人養著……

不過黎發現牠傷勢痊癒以後，就毫不客氣地把牠攆出去，不跟著捕獵就沒東西吃，堅決不讓牠養成像別的雄獅那樣——有事老婆幹沒事幹老婆的惡劣習性。

等等，老婆是什麼？

靈魂侵襲

13

修懶洋洋伸了個懶腰，從岩洞裡走了出去。

黎一跳就竄回自己的位置上，又開始舒舒服服地睡懶覺。對大貓來說，世上真是沒有比「催別人幹活看著他累死累活然後自己等開飯」更幸福的事了。

結果修一去就是大半天，黎不滿地趴在圓石上，尾巴啪啪地敲打岩壁，思忖著那隻大獅子是不是被雌獅子勾引走了。

沒想到，片刻工夫後，修回來了。

牠獵回了一隻幾百斤重的幼年長牙象。

黎險些被嚇得炸毛，繞著小象走了好幾圈，半晌找不到地方下嘴。

而修扒拉了牠兩下，蹲坐在小象旁邊，抖了抖雪白的鬃毛。

嗯，大貓在等表揚。

14

基貝特草原上的獅群發現了一對不同尋常的狩獵伴侶。

一隻白色的雄獅，和一隻沒有斑點的純黑雄豹。

這一大一小兩個身影總是並肩出現在草原上。

這兩隻大貓總愛在一塊兒到處奔跑，迅捷矯健的身影掠過草原的各個地方。

有時候牠們還纏在一起打鬧，打到後面就互相舔舔耳朵，立刻愉快地忘了先前還在打架，繼續黏黏糊糊地出去玩。

草原上那群豺狼們眼睛發綠，看著這兩隻大貓，被虐得不要不要的。

唉，世風日下，種族不同也能談戀愛了……貓也能秀恩愛虐狗了！

——番外完

高寶書版集團
gobooks.com.tw

BL004
靈魂侵襲04(完)

作　　者　指尖的詠嘆調
繪　　者　六百一
編　　輯　林紓平
校　　對　任芸慧
美術編輯　林鈞儀
排　　版　彭立瑋

發 行 人　朱凱蕾
出　　版　英屬維京群島商高寶國際有限公司臺灣分公司
　　　　　Global Group Holdings, Ltd.
地　　址　臺北市內湖區洲子街88號3樓
網　　址　www.gobooks.com.tw
電　　話　(02) 27992788
電　　郵　readers@gobooks.com.tw（讀者服務部）
　　　　　pr@gobooks.com.tw（公關諮詢部）
傳　　真　出版部　(02) 27990909　行銷部 (02) 27993088
郵政劃撥　19394552
戶　　名　英屬維京群島商高寶國際有限公司臺灣分公司
發　　行　希代多媒體書版股份有限公司/Printed in Taiwan
初版日期　2018年5月

國家圖書館出版品預行編目(CIP)資料

靈魂侵襲 / 指尖的詠嘆調著.-- 初版. -- 臺北市
: 高寶國際, 2018.05-
　冊；　公分. --

ISBN 978-986-361-515-6(第4冊：平裝)

857.7　　　107003451

三 日 月 書 版

三日月書版

GOBOOKS
& SITAK
GROUP©

GOBOOKS
& SITAK
GROUP©